Die drei ???®

Die falschen Detektive

erzählt von Ben Nevis

Kosmos

Umschlagillustration von Silvia Christoph, Berlin
Umschlaggestaltung von eStudio Calamar, Girona, auf der Grundlage der Gestaltung von Aiga Rasch (9. Juli 1941 – 24. Dezember 2009)

Unser gesamtes lieferbares Programm und viele weitere Informationen zu unseren Büchern, Spielen, Experimentierkästen, DVDs, Autoren und Aktivitäten findest du unter **kosmos.de**

MIX
Papier aus verantwortungsvollen Quellen
FSC www.fsc.org FSC® C014496

Gedruckt auf chlorfrei gebleichtem Papier

Based on characters by Robert Arthur.

ISBN 978-3-440-16047-3
Redaktion: Annemarie Chiappetta
Lektorat: André Marx und Nina Schiefelbein
Produktion, Layout und Satz: DOPPELPUNKT, Stuttgart
Druck und Bindung: GGP Media GmbH, Pößneck
Printed in Germany / Imprimé en Allemagne

Die drei ???®

Die falschen Detektive

»Bầu ơi thương lấy bí cùng,
tuy rằng khác giống nhưng chung một giàn.«

Vietnamesisches Sprichwort

Metalldetektor

Bob Andrews beschleunigte seinen Schritt, doch der Abstand reichte nicht mehr, um sich unauffällig an dem Jungen mit dem blonden Wuschelkopf vorbeizudrängeln. Dieser trat wie befürchtet an das Warenregal, in dem nur noch ein einziger Metalldetektor auf einen Käufer wartete. Mit dem Rücken zu Bob nahm er ihn prüfend in die Hand.

Hoffentlich legt er den Detektor wieder zur Seite, dachte Bob und versuchte, das Preisschild zu entziffern, das an der Leiste über dem Regalboden klebte. Billig war das Gerät nicht, mit dem die drei Detektive am Strand nach Schätzen suchen wollten. Ihr eigener Detektor hatte in Rocky Beach seinen Geist aufgegeben. Aber die Detektivkasse war zum Glück gerade gut gefüllt.

Justus und Peter würden verdammt sauer sein, wenn er ohne das Ding zurückkäme. Zusammen mit seinen Freunden war Bob die Küste hochgefahren, nach Santa Barbara, um für ein paar Tage das Haus eines Bekannten von Justus' Onkel Titus zu hüten, der auf einer Fortbildung war. Die Zeit wollten die drei ??? sinnvoll nutzen: Sie mussten eine Präsentation für den Biologieunterricht vorbereiten. Thema: *Einzigartig in Australien: das Schnabeltier.* Aber man konnte ja schließlich nicht den ganzen Tag am Schreibtisch sitzen. Das war ungesund. Gesund hingegen war Bewegung. Zum Beispiel an den Strand gehen, im Meer baden und nach im Sand verborgenen Schätzen suchen. Bob ahnte, dass sich das schnell zu ihrer Hauptbeschäftigung entwickeln würde.

Der andere Junge hatte seine Produktstudie beendet. Er klemmte sich den Metalldetektor unter den Arm und suchte den Weg zur Kasse.
Enttäuscht sah sich Bob nach einem Mitarbeiter um. Vielleicht gab es ja noch ein Exemplar im Lager. Sein Blick fiel auf eine Frau in einem weißen Kittel, die sich von einer Versandkiste aufrichtete und den anderen Jungen ansprach, der gerade an ihr vorbeiging.
»Du nimmst ihn also?«
Der Junge, vermutlich etwa in Bobs Alter und etwas kleiner als er, nickte.
»Da hast du noch mal Glück gehabt!«, sagte die Frau. »Es ist der letzte, den wir haben. Und Detektive ohne einen Metalldetektor kann man sich ja schwerlich vorstellen.«
Bob zuckte zusammen. Der andere Junge war ein Detektiv?
»Da haben Sie recht«, antwortete dieser, »wie gut, dass Mrs Willard mich direkt zu Ihnen geschickt hat.«
»Grüße sie von mir, Bob!«
Unwillkürlich musste Bob grinsen. Er heißt wie ich, dachte er. Ungewöhnlich war das nicht. Bobs gab es in Amerika wie Sand am Meer.
»Mach ich!« Der Junge wandte sich zum Gehen.
Die Verkäuferin rief ihm nach: »Viel Erfolg bei der Suche!«
Lässig reckte der Junge den Daumen nach oben. »Den werden wir haben, schließlich sind wir die drei ???!«
»Eben«, sagte die Verkäuferin.
Im ersten Moment meinte Bob, sich verhört zu haben. Doch der Junge war klar zu verstehen gewesen. *Schließlich sind wir die DREI ???!* Bob setzte sich in Bewegung.

»Kann ich dir helfen?«, fragte die Verkäuferin, als er an ihr vorbeigehen wollte.
»Nein, ja ... später!«, stotterte Bob und schob sich so hektisch an ihr vorbei, dass er über die Versandkiste stolperte. Eine Flut von Eieruhren ergoss sich auf den Boden.
»Ich ... ich komme gleich zurück und räume ... Ach ... Entschuldigung! Bitte!«, stieß Bob hervor und hetzte weiter. Der andere Junge war gerade dabei, den Baumarkt zu verlassen. Bob beschleunigte sein Tempo.
Der kritische Blick des Kassierers traf ihn, als er, ohne etwas zu bezahlen, durch den leeren Kassengang joggte. »Warte mal! Warum so eilig?«
»Ich habe nichts«, sagte Bob und lief weiter.
Inzwischen hatte der Junge den Vorplatz des Ladens betreten. Bob sah, wie vom Parkplatz her ein Wagen heranrollte. Der Junge öffnete die Beifahrertür, stieg ein und das Auto brauste davon. Bob versuchte noch, die Nummer zu erkennen, sah das Auto aber nur von der Seite.
Mist!
Bob holte Luft und drehte sich wieder um. Der Kerl hinter der Kasse war von seinem Hocker aufgestanden und starrte ihn an. »Er ... Ich dachte ... ich kenne ihn, diesen Jungen, wissen Sie«, sagte Bob und lächelte. »Ein Freund von mir. Leider verpasst!«
Der Kassierer verzog den Mund und Bob ging wieder in den Baumarkt hinein. Inzwischen hatte die Verkäuferin alle Eieruhren eingesammelt.
»Jetzt ist es leider zu spät für deine Hilfe«, sagte sie, als sie Bob erkannte.

»Ich bitte noch einmal um Entschuldigung«, murmelte Bob. Tausend Gedanken flogen ihm durch den Kopf, aus denen er sich einen groben Plan zurechtlegte, wie er an die Information kommen konnte, die er nun brauchte. »Der Junge eben, ich glaube, ich weiß, wer das ist. Bob heißt er, oder?«

»Ja«, bestätigte die Verkäuferin, »Bob Andrews.«

Andrews. Es traf ihn wie ein Schlag. Sein Name! Nun war eindeutig klar, dass hier etwas nicht stimmte. Bob versuchte, die Fassung zu bewahren. »Ist er nicht Detektiv?«

Die Verkäuferin nickte. »Kennst du ihn? Oder hast du unser Gespräch mitgehört?«

»Ich kenne ihn«, sagte Bob. »Er wohnt in Rocky Beach. Zusammen mit seinen Freunden hat er meiner Tante geholfen, eine alte … Uhr wiederzufinden. Wir dachten erst, die Uhr sei gestohlen worden, aber dann hat sich herausgestellt, dass … Na ja, jedenfalls hat er bei der Sache sein Set für Fingerabdruckpulver vergessen, ich habe es für ihn aufbewahrt.« Bob griff in die Jackentasche, in der er für die Fahrt nach Santa Barbara sein eigenes Set eingesteckt hatte. Man konnte ja nie wissen! Der Deckel trug sogar die Initialen *BA*. »Hier!«, sagte er und wedelte damit in der Luft herum. »Ich würde es ihm gerne zurückgeben. Bob … sagte etwas von einer Mrs Willard, die Sie offenbar beide kennen?«

»Ja, das ist eine alte Schulfreundin von mir. Sie wohnt zurzeit oben in den Bergen. Direkt am Canyon. Sonst kommt sie immer selbst zu mir, aber da sie die Operation an den Knien hatte …«

Interessiert zog Bob die Augenbrauen hoch. »Und sie sucht einen verlorenen Gegenstand?«

Die Verkäuferin nickte. »Ja, so ähnlich, und die drei ??? helfen ihr dabei. Den Tipp hat sie von mir!«
»Okay«, sagte Bob und überlegte schnell. Konnte er die Verkäuferin noch weiter ausquetschen, ohne dass es auffiel? Er entschied sich dagegen. Wichtig war zunächst einmal die Adresse. »Dann könnte ich das Pulver ja bei Mrs Willard vorbeibringen«, sagte er. »Wo genau –?«
Eine ältere Dame hatte sich genähert und baute sich direkt neben Bob auf. »Geht es vielleicht mal vorwärts?«, blaffte sie. »Wo finde ich die Eismaschinen? Im Gegensatz zu Ihnen beiden habe ich heute noch was zu erledigen!«
Die Verkäuferin zwinkerte Bob zu. »Am Ende der Barranco Road«, sagte sie schnell. »Nummer dreizehn.«
»Wollen Sie mich auf den Arm nehmen, junge Frau?«, rief die Kundin. »Ich suche eine Eismaschine und keinen Ausflugstipp!«
»Schade«, sagte die Verkäuferin trocken. »Die Eismaschinen stehen einen Gang weiter, hinten links!«
Bob grinste die Verkäuferin an und machte sich davon. Der Kassenbereich war nach wie vor leer. Vermutlich typisch für die frühe Nachmittagszeit. »Metalldetektoren sind leider ausverkauft«, rief Bob dem Kassierer zu, bevor der seinen Mund aufmachen konnte.
Kaum hatte Bob den Baumarkt verlassen, spurtete er los, um Justus und Peter zu berichten, was er eben erlebt hatte. Die drei ??? gab es also zweimal. Auch Bob Andrews gab es zweimal. Und wenn man es logisch zu Ende dachte, musste es auch Peter Shaw zweimal geben und Justus Jonas erst recht. Wie das wohl dem Ersten Detektiv gefallen würde?

Der falsche Bob

Als der dritte Detektiv eintrat, waren seine Freunde dabei, die Kleidung aus den Rucksäcken auszupacken und in einem offenen Wandregal zu verstauen. Der Freund von Onkel Titus, Brad Capote – passenderweise Biologielehrer und Autor von Büchern wie *Die Bäume Kaliforniens* oder *Heilige, teure und gefährliche Pflanzen Südostasiens* –, hatte ihnen das Gästezimmer seines kleinen, aber schön gelegenen Hauses zurechtgemacht. Dessen zwei Stockwerke schmiegten sich leicht versetzt an einen der großen Hügel, die Santa Barbara umgaben. Vom Fenster aus hatten die drei Detektive einen Blick in den kleinen Garten und sogar auf das in der Hitze flimmernde Zentrum der Hafenstadt. Dahinter lag glitzernd das Meer.
Die Jungen durften die Küche benutzen, den Schreibtisch im Arbeitszimmer und die umfassende Bibliothek. Aber nur, wenn sie mit entsprechender Vorsicht zu Werke gingen und nachher alles wieder säuberlich an den dafür vorgesehenen Platz stellten. Brad Capote war ein sehr ordentlicher Mensch.
Sie hatten die Aufgaben verteilt. Justus würde das mit dem Ordnunghalten übernehmen, Bob sich um die Küche und das Essen kümmern. Peter übernahm den Job, die exotischen Gartenpflanzen nach einer extra dafür angefertigten Anleitung mit Wasser zu versorgen.
»Wo ist der Metalldetektor?«, begrüßte Justus seinen Freund.
»Ausverkauft«, sagte Bob knapp.
»Mist!« Wütend pfefferte Peter Socken in das Regal, die prompt wieder herausfielen. »Wir wollten doch nachher zum

Strand gehen und Schätze suchen! Ich habe echt keine Lust auf irgendwelche Schnüffeltiere!«
»Schnabeltiere«, korrigierte Justus.
»Das ist doch jetzt wirklich nebensächlich!«, maulte der Zweite Detektiv.
»Peter! Wie willst du denn deine Prüfung bestehen, wenn du nach ein paar Stunden Fahrt sogar schon die Bezeichnung des Tieres vergessen hast?«
»Das hat doch Zeit bis morgen.«
»Moment mal!« Bevor die beiden in Streit gerieten, zog Bob die Aufmerksamkeit wieder auf sich. »Justus! Peter!«, sagte er und gab seiner Stimme den Ton eines Nachrichtensprechers. »Ich muss euch mitteilen, dass in Santa Barbara eine Detektivgruppe am Werk ist, und zwar unter dem Namen ... *Die drei ???*!«
»Netter Versuch«, sagte Justus und wollte sich wieder Peter zuwenden.
»Die drei Schnüffeltiere«, witzelte Peter. »Das würde doch besser passen!«
»Schnabeltiere!«, rief Justus.
»Ich meine es ernst.« Bob holte Luft. Und dann erzählte er, was er erlebt hatte.
Mit großen Ohren hörten Justus und Peter zu. Schnüffel- oder Schnabeltiere, Meer, Strand und Metalldetektor waren sofort vergessen.
»Da kopiert uns jemand«, schloss Bob. »Ich kann euch gar nicht sagen, wie mich das schockt!«
»Das ist eine ungeheuer vermessene Anmaßung«, sagte Justus. »Die drei ??? – das sind wir! Wir sind doch ...« Ihm fehl-

ten kurzzeitig die Worte, und das passierte nicht oft. »Einzigartig!«, fügte er dann hinzu und schwieg wieder.
Peter grinste Bob an. »Dann läuft da bestimmt auch ein zweiter Peter Shaw rum! Wie sah er denn aus, der andere Bob? Besser als du?«
»Ich habe ihn nicht genau gesehen«, gestand Bob. »Eigentlich nur von hinten. Er ist kleiner als ich, blond und ... doof.«
»Doof?«
»Ja, doof!« Bob lachte. »Nein, natürlich nicht. Keine Ahnung. Ich kann doch schlecht sagen: ›Was für ein toller Typ! Ich bin begeistert!‹ Pass du lieber auf, dass du gegen den anderen Peter sportlich nicht abschmierst!«
»Ich finde das nicht lustig«, sagte Justus. »Wir müssen der Sache auf den Grund gehen, das ist doch klar, oder? Das kann ja wohl kaum ein Zufall sein. Jemand gibt sich für uns aus!«
»Woher wissen die überhaupt, dass es uns gibt?«, fragte Peter.
»Wir haben schon viele Fälle gelöst«, sagte Justus. »Da kennen uns eine Menge Leute. Ab und zu waren wir sogar in der Zeitung – wenn wir in letzter Zeit auch versuchen, öffentlich zugängliche Fotos von uns zu vermeiden. Schließlich ermittelt es sich nicht so gut, wenn einen die halbe Welt kennt!«
»Genau, wir bleiben lieber inkognito«, sagte Peter.
Überrascht sah Justus seinen Freund an. »Woher kennst du derartige Begriffe?«
»Tja ...« Peter grinste. »Inkognito: Geheimhaltung dessen, was man eigentlich ist«, dozierte Peter im Justus-Ton.
»So ähnlich.« Bob warf ein Blick auf das Bett, auf dem eine Sportzeitung lag. *Basketballstar im Interview: Im Urlaub bleibe ich lieber inkognito* lautete der Titel.

»Vielleicht ist alles nur ein Spiel.« Justus zupfte an seiner Unterlippe. »Die Jungs haben von uns gelesen und spielen nun auch Detektiv«, überlegte er. »Vielleicht sind wir ein … richtiges Vorbild!«

»Gib nicht so an«, sagte Bob. »Und außerdem glaube ich das nicht. Die ganze Situation hat sich nicht so angefühlt, sondern irgendwie ernster. Wenn man ein Spiel spielt, erzählt man doch nicht der Verkäuferin im Baumarkt, man sei Mitglied der drei ???. Ich glaube: Jemand ermittelt unter unserem Namen!«

»Wir werden es herausfinden«, sagte Justus.

»Aber wir können doch nicht einfach bei Mrs Willard klingeln und dezent darauf hinweisen, dass wir die echten drei ??? sind«, warf Peter ein.

Bob legte den Kopf schief. »Und warum nicht?«

»Weil wir auf diesem Wege dem Geheimnis nicht auf die Spur kommen würden«, sagte Justus. »Es würde eine heftige Auseinandersetzung geben. An deren Ende würden wir zwar beweisen, dass wir die echten drei ??? sind, und alles fliegt auf. Aber wir würden nicht herausbekommen, was für eine Geschichte hinter der Sache steckt. Im Zweifel haben die drei falschen Detektive irgendeine lapidare Erklärung parat und verschwinden. Es mag zwar unschön sein, sich für uns auszugeben, aber es ist beileibe kein Verbrechen.«

»Da ist was dran«, überlegte Bob. »Es wäre besser, wenn wir die anderen Detektive beobachten könnten. Aus der Distanz. Undercover. Geheim. Inkognito.«

»So ist es!«, bestätigte Justus. »Ich schlage vor, wir fahren in die Barranco Road und schauen uns Gegend und Haus einfach mal an.«

»Und das Schnabeltier?«, fragte Peter scheinheilig.
»Für die Schule lernen können wir auch noch morgen«, entschied Justus, ohne eine Miene zu verziehen.
Sie ließen die Rucksäcke halb ausgepackt stehen und suchten die wichtigsten Detektivutensilien zusammen. Dazu gehörte Peters Dietrichset ebenso wie der Peilsender, drei Taschenlampen, ein Fernglas und eine Fotokamera. Sie packten alles in eine Sporttasche. Justus sah sich um und schnappte sich aus dem Vorrat des Biologielehrers noch einen Teleskopkescher und eine Insektensammelbox. Notfalls brauchten sie einen Grund, warum sie durch die Gegend streiften. Und laut Stadtplan war das entsprechende Wohngebiet umgeben von Natur. Dann verließen sie das Haus und schlossen ordnungsgemäß dreimal ab.
»Warte, Bob!«, sagte Justus, als sie in den VW einsteigen wollten. »Erkennt dich der falsche Bob wieder?«
Bob schüttelte den Kopf. »Ich glaube nicht. Ich war die meiste Zeit hinter ihm. Wir haben keine Blicke gewechselt und nicht miteinander gesprochen.«
»Okay«, sagte Justus, war aber noch nicht ganz zufrieden. »Trotzdem müssen wir vorsichtig sein. Wir wissen nicht, ob die falschen drei ??? wissen, wie wir aussehen. Bis wir einen guten Plan haben, sollten wir ihnen nicht über den Weg laufen.« Justus öffnete die Beifahrertür und kletterte auf die Rückbank. »Fahren wir!«

Das Haus am Canyon

Die Barranco Road lag außerhalb von Santa Barbara und die Detektive mussten ein Stück in die Berge hineinfahren. Immer wieder gab die kurvige Strecke die atemberaubende Sicht auf die Bucht von Santa Barbara frei. Doch die drei hatten keinen Sinn dafür, anzuhalten und Erinnerungsfotos zu machen.
Nach einer Weile sahen sie nicht allzu weit entfernt ein Wohngebiet an einem Höhenzug, der mit wildem Macchiagestrüpp bewachsenen war. Weiter abwärts führte das Gelände in einen Canyon, dessen Flusslauf für üppigere Vegetation sorgte. Sogar Bäume wuchsen hier.
Sie überquerten die Schlucht auf einer schmalen Brücke und wenig später bog Bob in die Siedlung ein. Es gab eine Hauptstraße, die direkt in Richtung Meer führte, das in der Ferne auf die Strände von Santa Barbara zurollte. An beiden Seiten der Straße zweigten je drei palmenbestandene Alleen ab, an denen die Häuser lagen. Sie wirkten alle sehr vornehm.
Die Barranco Road war die letzte der drei Alleen. Bob bremste ab und lenkte den Wagen geschickt um ein viel zu knapp vor der Kreuzung geparktes gelbes Cabrio nach rechts in die Seitenstraße hinein. Langsam ließ er den VW die Grundstücke entlangrollen. Beiderseits lagen etwas zurückversetzt die Einfamilienhäuser. Es waren stattliche Anwesen mit gepflegten Gärten und offenbar gut gewässerten bunten Blumenstauden. Blitzblanke Autos parkten vor großen Garagen. Neben einer Villa spielten zwei kleine Kinder, ansonsten war die Straße menschenleer.

»Es muss das letzte Haus sein«, sagte Justus, der die Hausnummern im Blick hatte, »das letzte Haus auf der linken Seite.«

»Direkt am Canyon«, sagte Peter, »und wahrscheinlich mit Meeresblick. Nicht schlecht.«

»Neidisch?«, fragte Bob.

Peter schüttelte den Kopf. »Ich? Nein! Viel zu weit vom Strand weg!«

Bob lachte und verlangsamte noch einmal das Tempo. »Da vorne ist es!«

Doch viel sehen konnten sie nicht. Eine hohe Mauer aus großen anthrazitfarbenen Steinquadern versperrte ihnen den Blick auf das Grundstück. Sie wurde lediglich durch ein stählernes Einfahrtstor unterbrochen. Justus gelang es, im Vorbeifahren den Namen, der rechts neben dem Tor in den Stein eingraviert war, zu entziffern. *E. Nguyen*.

»Nguyen. Nicht Willard?«, fragte Justus erstaunt. »Sind wir etwa falsch?«

»Die Verkäuferin hat diese Adresse genannt«, sagte Bob. »Barranco Road Nummer dreizehn. Sie kann sich natürlich geirrt haben.«

»Schade, dass wir nicht durch die Mauer sehen können«, sagte Peter.

Dann waren sie am Grundstück vorbei. Hinter dem Anwesen führte die Straße nur noch wenige Meter weiter und endete in einem Wendekreis. Dahinter stieg das Gelände an, trockener Boden, Gestrüpp, in dem sich Plastikmüll verfangen hatte, Macchia, Niemandsland.

Bob lenkte den Wagen in den Wendekreis und hielt an. »Vielleicht können wir vom Hügel aus das Grundstück einsehen«,

sagte er und zeigte auf einen kleinen Pfad, der nach wenigen Metern zwischen den Büschen verschwand. »Möglicherweise entdecken wir den falschen Bob. Dann wissen wir, ob wir hier richtig sind.«
»Einen Versuch ist es wert«, sagte Justus und griff sich die Sporttasche mit den Detektivutensilien. »Setzt die Sonnenbrillen auf, Kollegen. Und eure Kappen!«
»Was sagen wir, wenn uns jemand fragt, warum wir hier sind?«, wollte Peter wissen.
Justus grinste. »Wir wollen seltene Tiere beobachten! Eine gute Tarnung liegt oft knapp neben der Wahrheit. Dann verplappert man sich nicht so schnell.«
»Und wer soll uns schon begegnen?«, ergänzte Bob und stieg aus. »Kein Mensch ist hier unterwegs. Zumal bei der Hitze!«
Justus schnappte sich noch den Teleskopkescher, den er eingepackt hatte, und hängte die Insektenbox an seinen Gürtel. »Dann los«, sagte er und schritt selbst voran.
Der Trampelpfad erwies sich als ein kleines Labyrinth durch das Gestrüpp. Aber es war einfach, die Orientierung zu behalten. Man musste nur immer bergan abbiegen.
Schon nach kurzer Zeit kam Justus ins Schwitzen, doch erst als sie den Hang zur Hälfte hinaufgeklettert waren, stoppte er an einer sandigen Ausbuchtung des Weges. »Hier passt es«, sagte er schnaufend, »die Büsche geben uns Sichtschutz von unten. Und die Höhe reicht, um einen guten Überblick zu erhalten.«
In der Tat konnten die drei ??? nun problemlos auf das Grundstück sehen. Es war größer, als sie erwartet hatten. Wie ein breites Rechteck lag es quer vor ihnen. Nur zur Straße hin war

es von der Mauer begrenzt. An der westlichen und der südlichen Seite zum Meer hin trennte ein stabiler Metallzaun die von Menschen gestaltete Natur von der wilden.
Bob zeigte auf das einstöckige Haus, das um einiges stattlicher war als das, in dem sie wohnten. »Ein Holzhaus, aber was ist das für ein Baustil?«
»Irgendwie asiatisch«, sagte Peter.
Justus lachte. »Mir ist zwar neu, dass du ein Architekturexperte bist, Peter, aber ich kann mir denken, worauf du dich beziehst: Das Dach ist geschwungen, man bezeichnet so etwas auch als Pagodendach.«
Inzwischen hatte sich Bob das Fernglas geschnappt. »So ungewöhnlich finde ich den Bau nicht«, sagte er. »Allerdings wurde an einigen Stellen Bambus verwendet. Und ich sehe mehrere Verzierungen, die asiatisch wirken. Du hast also nicht ganz unrecht, Peter«
»Gib mal her, Bob!« Justus nahm dem dritten Detektiv das Fernglas ab. »Das Haus liegt links in der Nähe des Nachbargrundstückes. Von der Terrasse aus blickt man in Richtung Canyon über eine leicht abfallende Parklandschaft, bestimmt einen halben Kilometer lang, naturbelassen, aber immer wieder von schön bepflanzten Flecken unterbrochen. Da ist auch ein Teich, ein paar Bäume ... und da! Direkt, wo das Grundstück in den Canyon übergeht, befindet sich ein zweites Gebäude. Es liegt fast an der Geländekante und ist viel kleiner als das Haupthaus. Ich tippe auf eine Art Gästehaus.«
»Siehst du irgendjemanden?«, fragte Peter und kniff konzentriert die Augen zusammen.
»Nein.« Gerade als Justus das Fernglas absetzte, nahm er ei-

nen Lichtreflex wahr und hielt es sich sofort wieder vor die Augen. »Doch. Auf der Terrasse tut sich was, Kollegen. Eine Frau ... in einem Rollstuhl. Gerade kommt ein Junge hinzu, er spricht mit ihr. Ob das einer der vorgeblichen Detektive ist?« Er reichte Bob das Fernglas.

»Das könnte der falsche Bob sein«, bestätigte Bob. »Aber die Entfernung ist zu groß, um es sicher sagen zu können. Jedenfalls zeigt er der Frau in dem Rollstuhl ein Papier. Sie lesen und sie reden, lesen wieder, reden. Nun gibt sie ihm irgendetwas, das er sich einsteckt. Er deutet mit der Hand nach innen und verschwindet im Haus.«

»Darf ich auch mal durchgucken?«, fragte Peter und blickte den dritten Detektiv an.

»Jetzt ...«, sagte der aber nur aufgeregt, »jetzt kommt der Junge wieder raus! Er hat den Metalldetektor in der Hand! Wir sind also vollkommen richtig, Freunde! Und da ist noch jemand, ein anderer Junge ...«

Justus trat unruhig von einem Fuß auf den anderen. »Gib schon her, das Fernglas«, sagte er ungeduldig.

»Warte! Sie laufen auf den Rasen. Jetzt sind sie an einem Felsbrocken. Sie gehen drumherum, suchen den Boden ab und ...«

Justus zog die Stirn in Falten und starrte auf das Grundstück. Plötzlich fiel ihm eine Bewegung auf. Und zwar abseits der Szene, die Bob beschrieben hatte. Sofort zerrte er seinem Freund das Fernglas aus der Hand. Sekunden später hatte er im Blickfeld, was er wahrgenommen hatte. »Ein Mann«, flüsterte er. »Er kniet hinter einer Blumenstaude und beobachtet ebenfalls alles durch ein Fernglas. Wir sind nicht die Einzigen, die sich für die falschen drei ??? interessieren!«

Justus, Peter und Bob waren so konzentriert auf das Geschehen, dass sie nicht wahrnahmen, wie es hinter ihnen leise im Gestrüpp knackte. Einen Augenblick später ertönte ein tiefes, dunkles Knurren.

Die drei ??? fuhren herum. Ihnen gegenüber, vielleicht drei Meter entfernt, stand ein riesiger Hund. Angriffslustig fletschte er die Zähne.

Geistergeschichten

Der Hund war ein bulliger American Staffordshire Terrier. Peter kannte die Rasse. Mit ihr war nicht zu spaßen! Und von einem Besitzer war weit und breit nichts zu sehen. Unwillkürlich wichen die drei ??? zurück. Doch dann hielt Peter inne und flüsterte: »Bleibt stehen! Keine Angst zeigen! Vor allem nicht weglaufen! Schaut ihm nicht direkt in die Augen! Das empfinden Hunde als aggressiv!«

Bob holte Luft und zwang sich zu bleiben, wo er war. Hoffentlich hatte Peter recht.

»Braver Hund«, sagte der jetzt ruhig. »Braver Hund!«

Der Hund verharrte an seinem Platz. Doch er knurrte weiter.

»Dicky«, war plötzlich die Stimme eines Mannes zu hören. Äste wurden zur Seite gedrückt und der Hundebesitzer kam zum Vorschein. Offenbar hatte er sich durch das Gestrüpp angeschlichen. Justus schätzte ihn auf Mitte fünfzig. Er trug militärisch wirkende Kleidung und einen Cowboyhut. Aus einem braunen, sonnengegerbten Gesicht fixierten zwei zu Schlitzen verengte Augen die drei Detektive.

»Was habt ihr hier zu suchen?« Seine Stimme klang scharf.

Peter und Bob blickten zu Justus, der sich erst einmal räusperte. »Es ist öffentliches Gelände, Sir, und …«

»Quatsch nicht von öffentlichem Gelände! Hier ist nie ein Fremder, außer er führt etwas im Schilde. Wir schätzen unsere Ruhe hier! Also: Was macht ihr da mit dem Fernglas? Beobachtet ihr die Gegend? Kundschaftet ihr uns etwa aus?«

»Können Sie bitte den Hund zurückhalten?«, sagte Justus

ruhig. »Dann werden wir Ihnen in aller Ruhe Auskunft geben. Denn wir haben nichts zu verbergen.«

Der Mann zog die Luft durch die Nase. »Komm, Dicky«, befahl er dann. Der Hund gesellte sich neben sein Herrchen. »Also, was ist? Wenn ihr einen Einbruch plant, dann muss ich euch davon abraten. Dicky wird euch in Stücke reißen!«

»Davon bin ich überzeugt«, sagte Justus und lächelte. »Nein. Wir sind aus wissenschaftlichen Gründen hier.«

»Und deswegen beobachtet ihr das Haus meines Nachbarn?«

»Es ist uns gewissermaßen in die Quere gekommen«, erläuterte Justus. »Eigentlich sind wir wegen des Canyons angereist. Die Schlucht, die an das besagte Grundstück anschließt.«

»Der Canyon? Das soll ich glauben?« Amüsiert zog der Mann eine Augenbraue hoch. »Was ist Besonderes an einem Nullachtfünfzehn-Canyon?«

»Äh ...«, machte Bob.

»Die Information ist geheim«, warf Justus ein.

»Da leben ... Tiere«, sagte Peter, »seltene Tiere, sehr selten sind die sogar, die heißen ...«

»Nur raus mit der Sprache«, rief der Mann. »Dicky!« Der Hund zeigte die Zähne.

»Schnabeltiere«, sagte Peter schnell. »Ja! Wir suchen Schnabeltiere!«

Justus und Bob konnten einen überraschten Blick auf Peter nicht unterdrücken.

»Schnabeltiere?« Zum ersten Mal wirkte der Mann leicht irritiert. »Was sind Schnabeltiere? Wieder so ein Ökozeug, das das Bauen von Straßen und Fabriken verhindert?«

»Das sind, ach, ich weiß nicht ...«, stotterte Peter weiter.

Die Miene des Mannes verfinsterte sich. »Sagt mal, ihr erfindet das doch gerade, oder?«
Justus warf Peter einen schnellen Blick zu. »Aber nein«, übernahm er das Wort und verfiel in den Ton, in dem er gern auf besserwisserische Art und Weise den Rest der Welt über Dinge aufklärte, die doch selbstverständlich bekannt sein sollten. »Schnabeltiere sind Eier legende Säugetiere. Sie sehen aus wie eine Kreuzung aus einem Biber und einer Ente. Sie leben in Australien und nirgendwo sonst. Das nennt man endemisch. Arten, die nur in einer bestimmten Region vorkommen. Das Schnabeltier ist also ein Endemit.«
»Wenn das Tier nur in Australien vorkommt, warum sucht ihr es dann hier?«, fragte der Mann misstrauisch.
»Das ist ja gerade die Sensation!«, sagte Justus und setzte ein gespieltes strahlendes Lächeln auf. »Es gibt Hinweise – ernst zu nehmende Hinweise –, dass in diesem Canyon Schnabeltiere leben! Das ist doch eine fantastische Nachricht, oder? Und wir sind ihnen auf der Spur! Wir haben alles dabei: Ferngläser, Fotoapparate, Nachtsichtgeräte … Aber die Tiere sind scheu. Man muss vorsichtig sein, leise, achtsam. Und …«
»Stopp!«, rief der Mann. »Wie sollen diese Viecher von Australien in unseren Canyon gekommen sein? Durch den Pazifik geschwommen? Oder geflogen?«
Justus ließ dem Lächeln einen tiefernsten Gesichtsausdruck folgen. »Darüber kann man nur spekulieren«, sagte er und senkte seine Stimme. »Vielleicht waren es blinde Passagiere auf einem Frachter. Glaubwürdiger ist aber, dass ein krimineller Tierschmuggler sie illegal ausgeführt und hier ausgesiedelt hat. Wie auch immer, es wäre eine Sensation!«

Langsam wich die Skepsis aus dem Gesicht des Mannes. So eine haarsträubende Geschichte mit so vielen Fakten konnte man sich unmöglich ausdenken, und schon gar nicht in so kurzer Zeit. »Wie habt ihr davon erfahren?«

»Ein befreundeter Biologielehrer aus Santa Barbara hat uns um Hilfe gebeten«, sagte Justus und wies in Richtung Stadt. »Auf einem Ausflug hat er Spuren entdeckt. Aber er war sich nicht sicher. Deshalb ist alles geheim, verstehen Sie? Niemand hat Interesse an einer Schlagzeile, die sich dann als heiße Luft entpuppt.«

»Klar.« Der Mann überlegte. »Nun wollt ihr das Ding also suchen? Etwa mit dem Insektennetz?«

»Nein!« Justus lachte. »Das ist nur unsere Grundausrüstung, schließlich gibt es überall etwas zu entdecken. Aber das hilft uns hier natürlich nicht weiter. Wie ich bereits erwähnte, sind Schnabeltiere sehr scheu. Am besten wäre es, wenn wir den Canyon von diesem kleinen Haus auf dem Grundstück aus observierten. Deswegen haben wir uns die Landschaft angeschaut. Wir wollten uns einen Überblick verschaffen und einen guten Beobachtungsposten finden.«

»Mal angenommen, ihr findet die Tiere. Was würde das bedeuten? Journalisten? Fernsehen? Trubel?«

Justus taxierte den Mann. »Man könnte es natürlich auf einer diskreten wissenschaftlichen Ebene halten«, sagte er dann und bemerkte ein Zucken im Gesicht des Mannes. »Aber vermutlich wird es ein ziemliches Tohuwabohu, wenn die Tiere wirklich da sind! Darf ich nun fragen, mit wem wir es zu tun haben?«, schloss Justus.

»Darfst du«, sagte der Mann eine Spur freundlicher. »Ron

Baxter. Ich wohne direkt gegenüber. Von Eric. Hinten in der Straße, aber rechts.« Er deutete auf das Grundstück, das man von hier allerdings kaum einsehen konnte. »Nur leider nicht so ein schöner Meeresblick wie bei ihm. Und wer seid ihr?«

»Wir sind ...«, begann Peter.

Doch Justus unterbrach den Zweiten Detektiv. »Das ist Stan«, sagte Justus und zeigte auf Peter. Dann wies er auf Bob. »Micky. Und mein werter Name ist Jonathan. Jonathan Miller. Wir sind aus Oxnard hierhergereist.«

Vor Schreck verschluckten Peter und Bob sich fast. Doch Baxter achtete nur auf Justus.

»Und wo wohnt ihr?«, fragte er.

»Bei einem Biologielehrer in Santa Barbara«, sprudelte Justus heraus. »Also bei dem besagten. Unten in der Stadt. Brad Capote, falls Sie ihn kennen. Übrigens auch ein bekannter Autor, Spezialist für endemische Pflanzenarten. Über Ost-Asien hat er erst jüngst ein Buch veröffentlicht. Wenn Sie sich dafür interessieren ...«

»Schon gut, schon gut«, sagte Baxter. »Und nun wollt ihr auf Erics Grundstück, um die Tiere zu beobachten?«

»Es wäre einfach ideal«, sagte Justus. »Schnabeltiere sind nachtaktiv. Von dem kleinen Haus aus könnte man alles gut einsehen. Ansonsten wird es für uns etwas ungemütlicher! Wir bräuchten Zelte, eine Kochstelle, vermutlich müssten wir eine kleine Lichtung ausschlagen. Und die sanitären Bedingungen ... Könnten Sie vielleicht Ihren Nachbarn fragen?«

»Eric ... ist tot«, sagte Baxter. »Seit Kurzem. Autounfall.«

»Oh! Das tut mir leid. Kannten Sie ihn gut?«

»Kaum. Hat mehr so sein eigenes Ding gemacht. Habe ihm

manchmal Brennholz für seinen Kamin verkauft, wenn er mich gerade mal nicht wegen Dicky bedroht hat. Nun hütet Mrs Willard das Haus, seine Nichte und Erbin. Die fragt ihr am besten selbst. Zumal eh schon drei Jungen da sind, seit heute Morgen.«

»Drei Jungen?«, sagte Justus scheinbar überrascht. »Ich hoffe mal nicht, dass die auch die Schnabeltiere suchen.«

Der Mann starrte ihn an.

»War ein Scherz«, sagte Justus, »denn das kann ich mir nicht vorstellen, oder?«

Baxter schüttelte den Kopf. »Eher schon Geister«, sagte er. »Wahrscheinlich sind sie wegen der Geister da.«

Justus musste sich zusammenreißen, um sich nichts anmerken zu lassen. »Geister?«, fragte er mit einem Seitenblick auf Peter. »Sind Sie sicher?«

Der Mann nickte. »Ich glaube ja auch, dass Mrs Willard nicht alle Tassen im Schrank hat. Gestern hat sie mir erzählt, dass ihr toter Onkel Eric in ihrem Haus herumspukt. Sie hat ihn mit eigenen Augen gesehen! Ich habe ihr geraten, zur Polizei zu gehen. Aber das wollte sie nicht.« Er räusperte sich. »Kann ich auch verstehen. Die hätten sie wahrscheinlich für verrückt erklärt. Also hat sie wohl diese Detektivtruppe angeheuert.«

»Detektivtruppe«, sagte Justus möglichst leichthin. »Klingt ja spannend. Haben die auch einen Namen?«

»Ja, warte mal, sie hat ihn erwähnt.« Baxter schob seinen Hut zurück und kramte in seinem Gedächtnis. »Hab's nicht genau verstanden. Die … die drei Wasserzeichen. Ja, das war's. Wasserzeichen. Oder Fragezeichen? Ach, am besten, ihr fragt sie selber.«

Tarnen und Täuschen

Inzwischen stand die Sonne tief am Himmel. Ron Baxter verabschiedete sich knapp und stieg in Begleitung seines Hundes den Hang hinab. Justus wartete, bis er außer Sichtweite war, dann richtete er das Fernglas erneut auf das Grundstück. Doch der Mann, den er beobachtet hatte, war spurlos verschwunden. Die beiden Jungen gingen gerade über die Wiese zurück auf das Haus zu.

Die drei ??? beschlossen, ebenfalls den Rückweg anzutreten. Als sie den halben Weg geschafft hatten, sahen sie, wie Baxter den Wendekreis durchquerte und dann auf sein Grundstück abbog, das dem von Eric Nguyen direkt gegenüberlag. Gesichert war es mit einem fast schon gefängnismäßig wirkenden Zaun, an dem alle paar Meter Kameras angebracht waren. Durch die Baxter, wie Peter bemerkte, allerdings statt aufs Meer nur auf Nguyens Grundstücksmauer blicken konnte.

Die Jungen erreichten ihr Auto, verstauten ihre Ausrüstung und stiegen ein. Bob startete den Motor. Als sie die Einfahrt zu Mr Nguyens Grundstück passierten, schlich gerade ein Mann durch das Tor. Er bemerkte das Auto und wandte sich geschickt ab. Justus konnte nur erkennen, dass er relativ klein war und eine Sonnenbrille trug. Und mit der einen Hand ein schwarzes Fernglas umklammerte.

»Das ist doch bestimmt der Typ, den du gesehen hast!«, rief Bob. »Anhalten?«

»Fahr ein paar Meter weiter«, sagte Justus. »Stoppen wäre zu auffällig. Aber ohne Auto kommt er nicht weit …« Er dachte einen Moment nach. »Entweder ist er ein Nachbar oder ... das gelbe Cabrio!«

»Welches Cabrio?«, fragte Bob.

»Direkt hinter der Kreuzung. Du musstest vorhin ganz schön ausholen beim Einbiegen.«

»Ach das«, sagte Bob.

Sie erreichten die Hauptstraße. Das Cabrio stand noch an derselben Stelle. »Bieg rechts ab«, sagte Justus.

»Aber zurück geht es nach links ...«

»Rechts, Bob.«

Der dritte Detektiv tat, wie Justus befohlen hatte.

»Da, auf das Grundstück.« Der Erste Detektiv wies auf den Vorplatz eines Hauses mit verschlossenen Fensterläden. »So sind wir nicht zu sehen.«

Justus sprang aus dem Wagen und blickte die Straße entlang. Bob ließ den Motor laufen. Es dauerte vielleicht zwei Minuten, dann kam Justus zurück. »Er war es. Vielleicht können wir ihn verfolgen.«

»Warum?«, fragte Peter.

»Weil er sich verdächtig verhalten hat. Er hat sich versteckt und mit einem Fernglas das Haus und die Leute beobachtet. Als er uns sah, wollte er nicht erkannt werden. Und er parkt außer Sichtweite des Anwesens, damit er nicht auffällt.«

Das Cabrio fuhr die Hauptstraße entlang und bog dann auf die Schnellstraße ab. Bob rollte langsam an die Kreuzung heran. Sie blickten nach links. Kein Cabrio mehr zu sehen.

»Gib Gas, Bob!«, rief Justus.

Und Bob gab Gas.

Doch der Mann im Cabrio blieb spurlos verschwunden.

»Er muss gerast sein wie ein Irrer«, sagte Bob, als sie einige Zeit später Santa Barbara erreichten.

»Offenbar«, sagte Justus enttäuscht. »Lasst uns in unsere Bleibe fahren. Wir müssen noch ein paar Dinge vorbereiten. Nicht zuletzt auch wegen deiner vorlauten Bemerkung, Peter! Du hast uns in eine ganz schön knifflige Situation gebracht durch dein Schnabeltier!«

»Mir ... mir fiel auf die Schnelle nichts anderes ein«, versuchte Peter sich zu verteidigen. »Aber du hast doch alles gerettet mit deiner Story von den reingeschmuggelten Tieren!«

Bob lachte. »Das war so abgedreht, dass man es schon wieder glauben musste.«

»Und wir müssen die Geschichte jetzt durchziehen«, sagte Justus. »Und da du uns das eingebrockt hast, Zweiter, darfst du heute Abend Bücher wälzen und dich zum Tierexperten fortbilden!«

»Na, danke«, sagte Peter.

»Recherche und Archiv – Peter Shaw«, gluckste Bob. »Aber die Tarnnamen hätten einfallsreicher sein können, Erster!«

Peter murmelte: »Stan ... Kommt von Dunstan, oder?«

»Sollen wir tauschen?«, fragte Bob. »Micky mag ich nicht! Micky Mouse ...«

»Tauschen geht nicht«, sagte Justus. »Falls Ron Baxter auf Mrs Willard trifft, muss alles deckungsgleich sein. Allein unser Aussehen sollten wir noch etwas verändern. Zum Glück haben wir Sonnenbrillen und Kappen getragen. Das gibt uns Gestaltungsspielraum.«

»Und warum sollen wir uns verkleiden?« Gerade bogen sie in das Wohngebiet ein, in dem ihre Unterkunft lag.

»Falls diese drei Wasserzeichen ein Foto von uns gesehen haben«, sagte Justus. »Der letzte Artikel in der Rocky Beach Today ist noch nicht so lange her. Zum Glück waren wir auf dem dazugehörigen Bild nur klein abgebildet. Ich denke, mit ein paar geschickten Kniffen sind wir gut getarnt.«

Als die drei ??? auf die Einfahrt des Hauses von Brad Capote fuhren, war es schon fast dunkel. Während sich Bob und Peter um das Abendessen kümmerten (Spaghetti mit einer Spezial-Bolognese-Soße von Bob), suchte Justus aus der Ausrüstung des Biologen allerhand Gerätschaften zusammen. Eine Spiegelreflexkamera mit mehreren Teleobjektiven, ein Nachtsichtgerät, Stative, Buschmesser. Die Benutzung hatte Capote zwar nicht ausdrücklich erlaubt, doch es handelte sich hier Justus' Meinung nach um einen spezialgelagerten Sonderfall. Zufrieden betrachtete der Erste Detektiv seine Sammlung, als Bob zum Essen rief.

Hunger hatten sie ordentlich. Bobs Portionen waren dem durchaus angemessen. Nachdem die ersten Bissen heruntergeschluckt waren, verkündete Justus seinen Plan zur Tarnung. »Peter, du setzt eine Brille auf. Ich habe noch ein altes Modell mit Fenstergläsern im Gepäck.«

»Wibidde?«, fragte Peter kauend. »Das schreggliche Ding?«

»Ja, es handelt sich um ein Modell aus dem Bestand von Onkel Titus. Es stammt noch aus dem letzten Jahrhundert. Die Brille ist leicht getönt und deckt fast ein Drittel deines Gesichts ab.«

Inzwischen hatte Peter den Mund wieder frei. »Das ist Folter, Justus, ich ...«

»Keine Widerrede«, unterbrach ihn Justus. »Und nun zu dir,

Bob. Zum Glück hast du dir in den letzten Wochen die Haare wachsen lassen. Ich schlage vor, du machst dir morgen einen Zopf!«
»Wie cool!«, stichelte Peter.
»Nein!«, rief Bob.
»Doch«, sagte Justus ruhig. »Wir dürfen nicht auffliegen. Diese kleinen Veränderungen lenken ab und wirken wahre Wunder. Es ist entschieden, Bob!«
»Und du?«, fragte der dritte Detektiv resigniert und bediente sich noch einmal bei den Spaghetti.
»Ich?« Justus kratzte sich am Kopf. »Ich dachte eigentlich, ich muss gar nichts mehr verändern. Wenn ihr ...«
»Ach nee«, sagte Bob. »Wie wäre es mit abnehmen?«
»Sehr witzig!«
»Ich rasiere dir die Schläfen aus!«, rief Peter.
»Tante Mathilda ...«, sagte Justus entsetzt. »Sie wird mir den Kopf abreißen!«
»Wird sie nicht«, sagte Bob und fügte leise hinzu: »Sie wird dich nämlich gar nicht wiedererkennen!«
Justus stöhnte.
Peter ließ seine Nudeln stehen, stand auf und holte einen Rasierapparat.
»Nein!«, rief Justus erschrocken.
»Doch«, erwiderte Bob und zitierte Justus: »Wir dürfen nicht auffliegen! Diese kleine Veränderung wirkt Wunder, Erster. Es ist entschieden!«
»Vertrau mir«, sagte Peter und setzte den Rasierer an.
Die ersten Haare fielen und Justus versuchte, die Ruhe zu bewahren. Doch als ihm Peter ungeschickt den Messerkamm des

Rasierapparats in die Haut ritzte, fuhr er vor Schmerz nach vorne. Ein breit abrasierter Streifen von der Schläfe bis zum Hinterkopf war die Folge. Es sah nun mehr nach Unkraut aus als nach einer Frisur.

»Wow«, sagte Bob. »Jetzt bist du wirklich inkognito!«

Erschrocken betrachtete Peter sein Werk. »Entschuldige bitte, Justus. Warum hältst du auch nicht still?«

»Weil du wie ein Metzger rasierst, Peter!«

»Ja, ja, sorry! Willst du dann gleich eine Glatze oder soll ich es so stehen lassen?«, fragte er.

Justus strich sich mit der Hand durch die verbliebenen Haare. »Da darfst du nicht mehr dran! Nie mehr!«

»Jedenfalls kommen wir ziemlich schräg rüber«, stellte Bob fest. »Ein bisschen aus der Zeit gefallen. Wie Naturwissenschaftler eben.«

»Es gibt haufenweise gut aussehende Naturwissenschaftler«, korrigierte Peter, »und Naturwissenschaftlerinnen. Und wenn uns die drei Typen trotzdem erkennen? Oder jemand anders?«

Justus sagte: »Dann bleibt uns nichts anderes übrig als Option zwei: die offene Konfrontation! Auf die Gefahr hin, dass wir dann nichts mehr über die Hintergründe herausfinden.«

Sie unterhielten sich noch eine Weile. Dann schnappte sich Bob Justus zum Abwasch, während Peter wie befohlen in den Büchern aus der Bibliothek nach weiteren Informationen über das Schnabeltier suchte. Je mehr sie darüber wussten, desto besser die Tarnung, meinte Justus.

Der falsche Peter

So vorbereitet starteten sie am nächsten Morgen in die Barranco Road. Sie hatten nicht gut geschlafen, vor allem Peter nicht. Missmutig starrte er durch seine altmodische Brille, während Bob gedankenversunken an seinem Zopf herumspielte. Justus saß am Steuer. Energisch nahm er Kurve um Kurve. Er konnte es kaum erwarten, endlich den drei falschen Fragezeichen gegenüberzutreten.

Kurz vor zehn Uhr bog er in die Straße ein, an der Eric Nguyens Haus lag. Ein paar Meter vor der Einfahrt stoppte der Erste Detektiv und parkte am Straßenrand. Die drei ??? stiegen aus und klemmten sich ihre Ausrüstungsgegenstände unter den Arm. Die Taschen mit Waschzeug und Ersatzklamotten ließen sie vorläufig im Auto. Im stählernen Tor zu Eric Nguyens Haus war eine Tür eingelassen. Neben ihr befanden sich ein Kartenlesegerät und eine Klingel in der Mauer. Darüber war eine Kamera montiert, die den Eingangsbereich überwachte. Justus drückte auf den Knopf. Gerade als er erneut klingeln wollte, erklang eine weibliche Stimme.

»Ja bitte?«

Justus räusperte sich. »Hier spricht ... Jonathan Miller. Ich bin hier mit meinen Freunden Stan und Micky. Ihr Nachbar von gegenüber, Mr Baxter, meinte, wir sollten mit unserer Frage mal bei Ihnen vorbeischauen.«

»Ron Baxter?« Es klang überrascht.

»Ja.«

»Worum geht es?«

»Wir haben eine Bitte an Sie, aber können wir das persönlich besprechen?«
»Seid ihr Naturforscher?«
Erst jetzt blickte Justus nach oben in die Kamera. »Ah! Sie können uns sehen! Und auch die Kescher! Ja, in gewisser Weise.«
»Okay, kommt rein, immer der Auffahrt nach.«
Ein Summton erklang. Justus drückte gegen die Tür, die sofort aufschwang. Die drei ??? betraten das Gelände. Wie eine Schlange wand sich der kleine Fahrweg auf das Haus zu und dann darum herum, vorbei an Büschen mit farbenfrohen Blüten und kleinen, schlicht mit Rasen bepflanzten Hügeln. Endpunkt des Weges war ein kleiner Parkplatz hinter dem Haus, auf dem ein betagter Chevrolet in der Sonne glänzte. Im Vorbeigehen warf Justus einen Blick hinein. Sportschuhe, modischer Pulli, eine leere Limonadendose. »Die falschen drei ??? sind schon da«, murmelte er.
Unter einem gläsernen Vordach führte eine Stufe zu einer großen Eingangstür, die in diesem Moment geöffnet wurde.
Die drei ??? holten Luft. Jetzt kam es drauf an.
Ein Junge trat nach draußen. Bob erkannte ihn sofort. Etwas kleiner als er, blonde krause Haare – es war der falsche Bob. Auf der Nase trug er eine Nickelbrille.
Schnell versuchte der dritte Detektiv, seinem Gesichtsausdruck etwas Belangloses zu verleihen. Der falsche Bob ließ seinen Blick über die drei ??? schweifen, ohne dass seine Augen an Bob kleben blieben. Vielmehr schien ihm Justus' Frisur aufzufallen. Und die Insektenkescher.
»Was wollt ihr hier? Schulausflug?«

»Mrs Willard sprechen«, sagte Justus. »Und wer bist du?«
»Mein Name ist Bob Andrews«, sagte der Junge in der Tür gestelzt. »Wer fragt?«
»Ich«, sagte Justus, als sei das nicht klar gewesen. »Jonathan Miller.«
»Stan ist mein Name«, murmelte Peter. »Stan Young.«
»Micky Jefferson«, fügte Bob leise hinzu.
»Also gut. Macht aber schnell. Wir haben hier zu tun.« Der falsche Bob trat zur Seite und gab den Weg frei.
Justus zwinkerte Bob zu. Das hatte schon mal geklappt. Offenbar waren sie nicht erkannt worden! Nacheinander betraten die drei ??? das Haus. Der Eingangsbereich war freundlich und hell. Seitlich führte eine Treppe in das obere Stockwerk. Gegenüber vom Eingang ließ eine halb offene Tür den Blick in einen weiteren Raum zu, dessen großes Fenster direkt auf den Canyon zeigte. Das Rad eines Rollstuhls war zu erkennen. In der Luft lag unverkennbar der Geruch von Räucherstäbchen.
»Kommt rein«, rief eine weibliche Stimme.
Peter ging voran. Sein Blick fiel auf eine jüngere Frau. Die schwarzen Haare hatte sie zu einem Zopf zusammengebunden, was ihre leicht asiatisch anmutenden Gesichtszüge etwas stärker zur Geltung brachte. Ihr Gesichtsausdruck war schwer zu deuten. Sie saß im Rollstuhl und hielt ein seltsam beschriftetes Papier in der Hand. Ein asiatisches Aussehen hatte auch der Junge, der neben ihr stand. Offenbar hatten sich die beiden gerade über den Zettel unterhalten.
»Wir klären das später, Peter«, sagte die Frau zu dem Jungen und legte das Blatt auf ihren Schoß. »Geh rauf zu Justus und such weiter.«

Peter konnte nicht anders, als den anderen sekundenlang anzustarren. Das war also sein Alter Ego, der falsche Peter Shaw!
»Was glotzt du so?«, fauchte der jetzt. Er trat einen Schritt nach vorne und deutete eine Kampfsportbewegung an. »Noch nie einen Vietnamesen gesehen?«
Schnell gewann Peter seine Fassung wieder. »Doch, natürlich, Entschuldigung«, sagte er und versuchte, sich mit einem »Du hast mich nur an jemanden erinnert, war nicht böse gemeint« herauszureden.
Ohne darauf zu reagieren, drängte sich der falsche Peter an dem Original vorbei, doch sein Blick hatte die Härte verloren. Der Junge lief auf den Flur und sie hörten ihn die Treppe ins obere Stockwerk hinaufgehen.
»Peter ist anscheinend etwas reizbar«, sagte die Frau freundlich. Sie wies auf einen rechteckigen Tisch. Die drei ??? nahmen daran Platz. Die Frau schob sich mit dem Rollstuhl an die Kopfseite, legte das Blatt auf dem Tisch ab und blickte in die Runde. »Also? Worum geht es?«
»Ich nehme an, Sie sind Mrs Willard«, sagte Justus und schielte gleichzeitig nach dem Papier. Es war ein längerer Text. Englisch, durchsetzt mit offenkundig asiatischen Schriftzeichen und dazu mit Zeichnungen verziert.
Die Frau nickte und zog das Blatt näher zu sich.
Schweren Herzens wandte sich Justus nun ganz ihr zu und stellte sich und seine Freunde mit ihren Tarnnamen vor. Dann begann er zu erzählen, worum es ihnen ging.
»Schnabeltiere?«, unterbrach ihn Mrs Willard.
Justus nickte. »Vermutlich illegal eingeführt und einfach in der Natur ausgesetzt.«

»Ich habe einmal Australien bereist und dort welche beobachtet. Oben, in Queensland. Wusstet ihr, dass sie zu den wenigen Säugetieren gehören, die Eier legen?«
Justus nickte lächelnd. »Wenn Sie über die Schnabeltiere Kenntnisse haben, dann ahnen Sie, welche Sensation es wäre, hier frei lebende Tiere anzutreffen«, sagte er schwungvoll.
»Allerdings! Es gibt wirklich verrückte Leute ...«
»Bisher ist es reine Spekulation«, sagte Justus, »aber es wäre ein Traum, alles von Ihrem Gelände aus zu erkunden. Idealerweise von Ihrem Gästehaus unten am Canyon. Würden Sie uns dazu die Erlaubnis geben?«
»Im Prinzip ja.« Mrs Willard überlegte. »Doch ich weiß auch, dass Schnabeltiere nachtaktive Tiere sind. Was wollt ihr tagsüber hier tun?«
Bob reagierte schnell. »Wir werden das Gelände des Canyons im Hinblick auf die Lebensbedingungen der Tiere analysieren, die besten Beobachtungsplätze erkunden, Fauna und Flora – also andere Tiere und Pflanzen – bestimmen und einige Messungen vornehmen. Wie Temperaturverlauf, Lichtverhältnisse und natürlich auch die Wasserqualität.«
Justus warf Bob einen anerkennenden Blick zu. Das hatte höchst professionell geklungen.
»Ich verstehe«, sagte Mrs Willard. »Dazu müsstet ihr aber runter in das Tal. Bei dem Gästehaus ist ein Tor in den Zaun eingelassen, von dem aus ein Pfad in den Canyon führt.«
»Perfekt!«, sagte Justus. »Heißt das, wir dürfen ...?«
»Langsam«, sagte Mrs Willard. Sie zögerte noch. »Junge Forscher muss man natürlich unterstützen. Das schon. Wenn dort Schnabeltiere leben, dann ...«

»Dann?«, fragte Justus.
»… dann wird es doch wohl großes Interesse wecken?«
»Auf alle Fälle«, sagte Justus. »Bei Biologen, aber auch bei vielen anderen neugierigen Menschen.«
»Ich könnte das Gästehaus vielleicht vermieten. Für Besucher aller Art.«
Justus horchte auf. Suchte sie Gesellschaft oder brauchte sie Geld? »Solange die Leute die Tiere nicht stören, spricht nichts dagegen«, sagte er. »Mrs Willard, Sie denken an eine Art sanften Tourismus?«
Die junge Frau nickte. »Wisst ihr, mein Onkel ist vor Kurzem gestorben. Vielleicht hat es euch Mr Baxter erzählt. Wundert euch bitte nicht, dass ich nicht hier sitze und heule, ich habe ihn seit Jahren kaum gesehen. Aber ich werde wohl alles hier erben. Nur habe ich keine Ahnung, was ich mit dem Haus anstellen soll. Es kostet einiges an Unterhaltung, ich weiß nicht, ob mein Geld dafür reicht.«
»Das kann ich mir vorstellen«, sagte Justus. »Ihr Onkel muss sehr vermögend gewesen sein.«
Sie lachte kurz auf. »Er besaß ein kleines Fast-Food-Restaurant in der Stadt. *Sun Pho*, unten in der Nähe des Einkaufszentrums. Vielleicht kennt ihr es.« Sie holte Luft und sah an den drei ??? vorbei hinaus aus dem Fenster. »Davon kann er sich das alles doch nicht geleistet haben! Aber er war schon immer ein Mensch, der gerne seine Geheimnisse hatte. Wen ich auch gefragt habe, niemand weiß, was er an dem furchtbaren Tag mit dem Unfall in Long Beach gemacht hat.« Sie schluckte und konzentrierte sich wieder auf Justus. »Aber wenn ich eine Einnahmequelle finde, brauche ich das alles nicht zu verkaufen!«

»Noch haben wir die Tiere nicht entdeckt«, sagte Justus.
Mrs Willard beugte sich vor und lächelte. »Ihr könnt euch in dem Gästehaus einrichten. Und ich wünsche sehr, dass ihr Erfolg haben werdet!«
»Das hoffe ich auch«, sagte Justus. »Solange uns die Gespenster nicht stören …«
»Gespenster?« Mrs Willard wich mit dem Kopf zurück. »Was wisst ihr davon?«
»Oh, eigentlich nichts«, sagte Justus möglichst unbeteiligt. »Mr Baxter erwähnte es kurz. Er vermutet, dass diese drei Jungen deswegen hier sind. Peter, Bob und …« Justus hüstelte.
»Soso, Mr Baxter!«, rief Mrs Willard aus. »Hätte ich ihm nur nichts erzählt. Ein unsympathischer Typ! Und er redet so schlecht über die Leute. Aber als ich hier eintraf, dachte ich, ich muss mich erst mal mit allen Nachbarn gut stellen.«
»Haben die Gespenster etwas mit dem Papier da zu tun?«, fragte Justus und deutete auf das Blatt auf dem Tisch.
Plötzlich wirkte Mrs Willard sehr reserviert. »Das ist doch jetzt nicht wichtig. Ihr braucht auch keine Angst vor Gespenstern zu haben. Zumal es sich nicht um ein Gespenst, sondern um einen Geist handelt. Er begleitet mich und ich sehe ihn abends, wenn ich schlafen gehe. Ich glaube nicht, dass er euch besuchen wird.«
»Wo erscheint er denn?«, fragte Peter.
»Er schwebt am Fenster.« Sie räusperte sich. »Ich verstehe ja, dass euch das interessiert. Aber daran ist nichts Besonderes. Alles Weitere liegt in guten Händen. Und zwar in denen dieser jungen, fähigen Detektive. Sie nennen sich die drei ???.«
»Eine kluge Idee von Ihnen, sie ermitteln zu lassen«, sagte Bob

beiläufig. »Die Polizei würde solche Phänomene wie Geister sicher gar nicht ernst nehmen.«

»Da hast du wohl recht«, sagte Mrs Willard, doch die Antwort hatte zögerlich geklungen.

»Die drei ... Detektive sind noch sehr jung«, sagte Peter und blickte unschuldig über den Rand seiner Brille. »Etwa so alt wie wir, schätze ich. Wie sind Sie auf sie gestoßen?«

Mrs Willard fuhr sich mit der Hand durch die Haare. »Eine Freundin hat mal einen Zeitungsartikel über sie gelesen. Sie meinte sich zu erinnern, dass ihre Detektei in Rocky Beach beheimatet ist. Tja, und da habe ich die Redaktion der Rocky Beach Today angeschrieben und einen zweiten Umschlag für die drei Fragezeichen mit in die Post gelegt. Die haben den Artikel über sie verfasst und mussten also wissen, wo sie aufzutreiben sind. Warum interessiert euch das?«

»Nun«, sagte Justus, »unsere Neugier gilt in der Hauptsache der Biologie.«

»Aber Detektivgeschichten sind nun mal auch sehr spannend«, fügte Peter hinzu. »Zumal wir so etwas nie erleben. Wir lernen eigentlich immer für die Schule. Das nimmt einen ziemlich mit. Aber das mit dem Brief war schlau! Die Journalisten haben den Umschlag dann weitergeleitet?«

»Genau. Und gleich riefen die Detektive an!«

In dem Moment trat ein Junge in die Tür. Groß, ebenfalls blond, perfekter Kurzhaarschnitt und ein verkniffener Zug um den Mund. Das musste der falsche Justus sein.

Ein Papier voller Rätsel

Der falsche Justus warf einen skeptischen Blick auf das Blatt, das immer noch auf dem Tisch lag. »Entschuldigung, Mrs Willard, ich habe etwas vergessen!«

»Geht es noch mal um das Rätsel?«

»Genau. Ich muss etwas nachlesen.«

Der traut uns nicht, dachte Justus. Schnell versuchte er, sich so viel von dem Papier zu merken wie möglich.

Doch dem falschen Justus entging nicht, wie intensiv Justus auf das Blatt starrte. »Wer seid *ihr* denn?«, fragte er und trat näher. »Vom Stamm der Neugierigen?«

Schnell nahm Justus das Papier in die Hand und sagte: »Vom Biologie-Leistungskurs. Ich sehe hier gerade ein gezeichnetes Blatt von einem Pinus sylvestris.«

»Das hast du doch gerade erfunden!«

»Glaubst du mir nicht?«, fragte Justus gespielt empört. »Das ist ein kleiner asiatischer Baum. Ich kenne mich da aus. Du darfst gerne mal mein Zeugnis sehen.«

»Ich kann mir wirklich Spannenderes vorstellen.«

»Aber vielleicht können die Jungen uns sogar helfen«, warf Mrs Willard ein.

»Das glaube ich kaum!« Der große blonde Junge riss Justus das Papier aus den Händen. »Sie wissen sicher nichts, was wir nicht schon wüssten.« Feindselig starrte er den Ersten Detektiv an. »Schneidest du dir die Haare selbst?«

Justus tat so, als hätte er die Provokation gar nicht bemerkt. »Wie jemand aussieht, ist doch egal«, sagte er, legte unschuldig den Kopf schief und machte Glupschaugen. »Bei uns ist es wie bei einem Frühstücksei: Auf die inneren Werte kommt es an. Und natürlich auch auf gute Noten! Ich möchte mal ein bedeutender Forscher werden, weißt du? So wie die, die man immer im Fernsehen sieht. Und auf große Expeditionen gehen.«

»Ich hoffe, eure Expedition hier ist nun zu Ende.« Mit einem verbissenen Gesichtsausdruck wandte sich der falsche Justus an Mrs Willard. »Wir können nicht arbeiten, wenn hier so viele Leute herumhängen!«

»Wir hängen nicht herum«, rief Justus gespielt empört. »Wir forschen!«

»Die Jungs werden ins Gästehaus ziehen«, sagte Mrs Willard. »Und seltene Tiere suchen. Schnabeltiere.«

»Wie bitte? Aber ...« Der falsche Justus wollte protestieren.

»Ich bin die Hausherrin«, würgte ihn Mrs Willard ab.

»Natürlich. Entschuldigung. Wir möchten Ihnen nur helfen. Möglichst schnell.«

»Ich weiß«, sagte Mrs Willard besänftigend. »Und das auch noch ohne Vergütung. Kann ich euch was Gutes tun? Bananenkuchen? Den mögt ihr doch so gerne!«

»Da sage ich nicht Nein«, antwortete der falsche Justus und lächelte schief.

»Ich werde einen der Jungen bitten, ihn euch zu bringen.«

»Danke. Ich gehe dann wieder nach oben«, sagte der große Junge und verdrückte sich, den Zettel mit dem seltsamen Text wie eine Trophäe in der Hand.

»Ihr auch?«, fragte die Frau. »Ich meine Kuchen?«

»Ja, gern«, beeilte sich Justus zu sagen. »Essen ist immer gut!«

»Ich habe noch welchen in der Küche«, sagte Mrs Willard. »Bananenkuchen. Eine vietnamesische Spezialität! Micky – so heißt du doch? –, würdest du mich bitte in die Küche fahren?«

Bob realisierte, dass Mrs Willard ihn meinte, und sprang auf. »Natürlich!«

Die Frau wandte sich an Justus und Peter. »Seid ihr mit dem Auto da?«

Justus nickte.

»Holt es und parkt es direkt neben dem kleinen Gästehaus. Habt ihr schon alles dabei?«

»Fotokameras, Ferngläser, Nachtsichtgerät«, sagte Justus. »Alles an Bord. Wie es sich für richtige Forscher gehört!«

Sie lachte. »Ich dachte eher an Übernachtungsgepäck.«

»Ach so. Das ist nicht so wichtig. Das kriegen wir schon irgendwie hin!«

»Wie ihr meint, die Betten sind jedenfalls bezogen. Klingelt, wenn ihr wieder reinwollt.«

Nachdem die beiden verschwunden waren, trat Bob hinter den Rollstuhl. »Wo geht es lang?«, fragte er.

»Die Küche ist draußen rechts. Natürlich komme ich hier unten auch alleine zurecht. Aber es ist ganz angenehm, wenn mich mal jemand schiebt. Zu blöde, dass ich mich gleich an beiden Knien verletzt habe.«

»Wie ist das eigentlich passiert?«, fragte Bob.

»Ich bin beim Fahrradfahren auf Schotter gekommen und gestürzt.«

»Und wo schlafen Sie?«

Mrs Willard sah Bob irritiert an.

»Ich meine, das Schlafzimmer ist doch oben. Wie kommen Sie die Treppe hoch?«

»Gar nicht. Ich habe mich im Wohnraum hier unten eingerichtet.«

»Das ist gut«, sagte Bob und rollte Mrs Willard durch den Flur in die freundlich gestaltete Küche hinein. Über der Anrichte hing ein großes Bild mit Lotuswurzeln.

Vom oberen Stockwerk drangen Geräusche herunter. Es klang, als ob Möbel verschoben wurden. »Die sind ja ziemlich gründlich«, sagte Bob. »Aber ich bezweifle, dass man so einen Geist vertreiben kann.«

»Die Jungs vertreiben keinen Geist«, erläuterte Mrs Willard und rollte zur Anrichte. »Und vor dem Geist, der mich heimsucht, habe ich auch keine Angst. Ich sehe sein Bild jeden Abend vor mir. Es ist nämlich mein verstorbener Onkel.«

»Oh!«, sagte Bob überrascht.

»Ja, das kannst du dir nicht vorstellen, oder?« Mrs Willard lachte und wies auf den Kühlschrank. »Würdest du bitte den Kuchen herausholen? Nein, bei der Suche geht es um eine Grabbeigabe. Dank Li weiß ich davon.«

»Li?«

»Ja, Li. Sie hat meinen Onkel in Angelegenheiten der geistigen Erleuchtung begleitet. Als Vietnamesin kennt sie sich gut aus. Und jetzt ist sie meine spirituelle Beraterin. Sie wird übrigens gleich kommen. Zeit für mich, den Tee aufzugießen.«

Bob lagen plötzlich viele Fragen auf der Zunge. Doch wie weit konnte er gehen, ohne dass Mrs Willard stutzig wurde? Schließlich war er offiziell nicht dazu da, um Ermittlungen aufzunehmen. »Ich bin froh, dass wir nur wegen der Schnabel-

tiere hier sind«, sagte Bob deshalb. »Das klingt mir doch alles sehr kompliziert.«
»Ist es aber nicht«, sagte Mrs Willard. »Es hängt mit unserem Glauben zusammen. Ich bin Halbvietnamesin. In den letzten Tagen des Krieges kam ein Teil meiner Familie nach Amerika, weil sie im Krieg auf Seiten der USA waren.«
Bob nickte. Natürlich wusste er von dem furchtbaren Vietnam-Krieg, der viele Jahre her war.
»Ich habe mich nie groß um die Geschichte gekümmert. Aber seit meiner Scheidung hat sich das geändert. Ich bin dabei, die alten asiatischen Wahrheiten und meine asiatischen Wurzeln zu entdecken, nachdem ich sie mein Leben lang verleugnet habe.«
»Dann ist es toll, dass Sie die Beraterin Ihres Onkels übernehmen konnten«, sagte Bob möglichst beiläufig. »Sie kann Sie bestimmt bestens in die vietnamesische Kultur einführen.«
»Ja, ich bin ihr sehr dankbar!« Mrs Willard stellte Teekanne und Tassen auf ein Tablett. »Vor allem kümmert sie sich um den Totentisch, den ich auf ihren Rat hin neben Erics Schlafzimmer aufgestellt habe. Regelmäßig müssen die Räucherstäbchen angezündet werden, sonst verliere ich den Kontakt zu meinem Onkel.«
Daher kam also der intensive Geruch im Haus. Bob wartete, ob Mrs Willard noch mehr Informationen preisgab. Doch sie hob jetzt die Abdeckhaube des Kuchens an. »Bitte schneide den drei ??? drei Stücke ab, und für euch dürfte es auch noch reichen.«
»Soll ich den fal… den Detektiven den Kuchen nach oben bringen?«

Mrs Willard nickte. »Du musst keine Bedenken haben. Justus hat sich eben vielleicht etwas aufgeregt. Aber sei ihm nicht böse. Er ist ein kluger Kopf. Auch wenn er manchmal etwas harsch zu seinen Freunden ist und sie ganz genau spüren lässt, wie schlau er ist.«

»Das kann ich mir gut vorstellen«, sagte Bob. Dass er den Kuchen hinaufbringen sollte, war eine Chance. Vielleicht konnte er die falschen Detektive unauffällig bei ihrer Tätigkeit beobachten und belauschen.

»Und gleich kommt Li ...«, murmelte Mrs Willard und rollte an das Küchenbord. »Sie hat doch immer Hunger. Irgendwo habe ich noch etwas Pho ...«

»Pho?«

»Nudelsuppe.«

Bob nahm das Tablett mit Kuchen, Tellern und Besteck auf und verließ damit den Raum. Vorsichtig stieg er die Treppe hoch. Als er den oberen Stock erreicht hatte, fiel sein Blick auf einen kleinen dunklen Beistelltisch, der an der gegenüberliegenden Wand stand. Der Totentisch. Doch nicht der Tisch selbst erregte seine Aufmerksamkeit, es waren vielmehr die Gegenstände, die auf ihm lagen. Um ein Foto, das vermutlich den Toten zeigte, waren allerhand Dinge drapiert, sodass es wie ein Geschenktisch aussah. Bob trat näher. Blumen, eine Puppenfigur, kleine Fläschchen aus Porzellan und Glas, Döschen, brennende Räucherstäbchen, eine Schale mit Obst und auch eine Speisekarte aus einem Restaurant. *Sun Pho.* Dazwischen lag sogar ein Bündel Geld. Bob stellte sein Tablett auf den Boden und schoss schnell ein Foto.

Eine gedämpfte Stimme war zu hören. Bob nahm das Tablett

wieder auf und sah sich um. Eine Tür stand offen. Sie führte in einen hellen Fitnessraum, dessen Außenwand vollkommen verglast war. Drei weitere Türen waren geschlossen. Aus dem mittleren der Zimmer drang die Stimme des falschen Justus.
Vorsichtig trat Bob näher. Jetzt war einigermaßen zu verstehen, was gesprochen wurde.
»Schau doch mal an der Wand.«
Man hörte ein kratzendes Geräusch. »Ich bekomme aber den Nachttisch nicht weg, Luke!«
»Nenn mich nicht Luke! Irgendwann versprichst du dich noch, du Penner! Ich heiße Justus!«
»Jaja ... Justus!« Wieder dieses Geräusch. Ein Stöhnen.
Bob legte sein Ohr an die Tür, damit er besser hören konnte.
»Jetzt habe ich es. Fehlanzeige! Da ist kein Versteck in der Wand. Aber so eine seltsame Holzkiste. Die lag unter dem Nachttisch. Sag mal, die drei Typen, die vorhin aufgetaucht sind, was hältst du von denen?«
»Diese Streber? Keine Ahnung! Jedenfalls gehen sie mir auf die Nerven. Besonders der Kerl mit dem Unkraut auf dem Hirn. Gefällt mir nicht, dass sie auf dem Gelände rumlaufen können. Wir müssen sie irgendwie loswerden. Wo bleibt eigentlich Peter?«
Peter? Vor Schreck ließ Bob fast das Tablett fallen. Der falsche Peter war gar nicht im Raum?

Knalleffekte

In dem Moment erhielt Bob von hinten einen gezielten Schlag. Das Tablett samt Kuchen, Tellern und Besteck flog scheppernd auf den Boden. Der dritte Detektiv spürte einen Schmerz in der Seite und sackte zusammen. Für einen Moment bekam er keine Luft mehr.

Von unten schrie Mrs Willard: »Himmel, was ist passiert?«

Bob lag zwischen den Bananenkuchenstücken und sah den Angreifer über sich stehen. Breitbeinig, grinsend.

»Keine Sorge, Mrs Willard«, rief der falsche Peter. »Micky ist nur ausgerutscht. Schade um den Bananenkuchen. Ich werde das alles wieder in Ordnung bringen!«

Stöhnend rappelte sich Bob auf. Offenbar hampelte der falsche Peter nicht nur spaßeshalber herum, sondern verstand wirklich etwas von Kampfsport.

Auch im Zimmer krachte etwas zu Boden. Dann wurde die Tür aufgerissen. Das verbissene Gesicht des falschen Justus erschien, unterlegt von einem starken süßlichen Duft, der aus dem Raum drang. »Ach nee! Eine fette Abhörwanze! Gut gemacht, Peter!«

Langsam konnte Bob wieder normal atmen. »Ich ... ich wollte nicht lauschen«, stotterte er und merkte gleichzeitig, wie blöde das klang. Viel naheliegender war es, einen Teil der Wahrheit zu sagen: »Doch. Ja, ich gebe es zu. Ich war einfach neugierig, würde gern wissen, was ihr hier sucht!«

»Jedenfalls keine Schnabeltiere«, sagte der falsche Justus, der Luke hieß, hämisch. »Leise, Justus«, sagte der falsche Peter

und deutete in das untere Stockwerk, aus dem Mrs Willard rief: »Wirklich alles in Ordnung?«
»Alles gut!«, antwortete der Junge.
Luke bedeutete Bob aufzustehen. Dem dritten Detektiv gelang es dabei, einen Blick in das Zimmer zu werfen. Vor einem verschobenen Nachttischschrank kniete der andere Bob auf dem Boden und sah ihn an. Eine zersplitterte Holzbox und mehrere kleine Fläschchen lagen vor ihm. Eins davon war zerbrochen. Der süßlich herbe Duft war so stark, dass er sogar den Räucherstäbchenqualm überlagerte.
»Was wir hier tun, geht dich gar nichts an«, sagte der falsche Justus zu Bob. »Du bist mir ein wenig zu neugierig! Ihr sucht hier seltene Tiere? Wirklich? Euch hat doch jemand geschickt, oder?«
»Nein«, murmelte Bob und hielt sich den Magen. »Oder ja.«
»Also, was nun? *Nein* oder *Ja*?«
»Unser Lehrer«, sagte Bob, »der hat uns doch ... Wir bekommen eine richtig gute Note und erwähnt werden wir auch noch, in der Jahresschrift ...«
»In was für eine Schule geht ihr eigentlich?«, fragte Luke.
»Cape Anna Privatschule«, kam es wie aus der Pistole geschossen. Justus hatte das recherchiert.
»Privatschule!« Verächtlich verzog Luke das Gesicht. »Wenn ihr hier in Sachen herumschnüffelt, die euch nichts angehen, sage ich es Mrs Willard. Ihr wird das nicht gefallen. Und dann seid ihr raus!« Er lachte dreckig. »Ich habe Biologie abgewählt, weißt du? Aber im Kickboxen bin ich gut, besonders wenn es um schwatzhafte Streber geht!«

Bob holte Luft. »Danke für den Tipp«, sagte er, rappelte sich auf und torkelte die Treppe nach unten.
Dort erwartete ihn bereits Mrs Willard. »Was ist passiert? Alles okay?«
»Ja«, sagte Bob knapp und versuchte, Haltung zu bewahren. »Bin ausgerutscht. Das Tablett ist hingefallen. Die Jungs oben werden das alles sauber machen.«
»Das ist wirklich nett von ihnen«, sagte Mrs Willard. »Meinst du, du kannst die Haustür aufmachen? Es hat geklingelt. Wahrscheinlich ist es Li.«
»Selbstverständlich!«, stöhnte Bob und öffnete.
Draußen warteten Justus und Peter und eine vielleicht vierzigjährige Frau, unter deren dichtem schwarzen Pagenschnitt ein fast altersloses Gesicht mit runden, feinen Gesichtszügen hervorsah. Dann wurde Bobs Blick von dem leuchtenden Purpur ihres schlichten, aber eleganten Kleides angezogen, das mit der Sonne um die Wette strahlte.
»Li!«, rief Mrs Willard erfreut aus.
»Alice! So schön, dich zu sehen! Wie ich gehört habe, hast du Besuch bekommen?« Li deutete auf Justus und Peter. »Ich habe sie mit meiner Karte durch das Tor gelassen und wir haben uns hier kurz unterhalten.«
»Ja, die Jungs sind Biologieschüler und werden ein seltenes Tier beobachten. Aber komm doch rein! Eric ist wieder erschienen, gestern Nacht!«
»Lass uns in Ruhe alles drinnen besprechen«, sagte Li. »Wie läuft es mit den drei Detektiven?«
»Sie suchen sehr sorgfältig«, sagte Mrs Willard. Sie wandte sich an die drei ???. »Und ihr könnt direkt mit dem Wagen

zum Gartenhaus fahren. Der Türschlüssel steckt dort. Ach, und vergesst den Kuchen nicht!«

Bob verschwand in der Küche, während Justus und Peter draußen blieben. Li und Mrs Willard verzogen sich auf die Terrasse.

Als Bob mit dem Kuchen vor das Haus trat, war Justus gerade dabei, das Auto von Li zu inspizieren. Es war ein unscheinbarer, gut gepflegter orangefarbener Kia.

»Bis auf eine Aktenmappe auf dem Rücksitz ist nichts drin«, sagte Justus enttäuscht. Er zückte seine Kamera und schoss ein Bild von dem Fundstück.

Peter hatte den Blick auf das Haus gerichtet. Gerade erschien Lukes Gesicht im Fenster. »Los, fahren wir zur Hütte«, sagte er schnell.

Sie kletterten in den VW. Bob setzte sich ans Steuer, Justus nach hinten, Peter auf den Beifahrersitz. Wie sie am Tag zuvor von oben gesehen hatten, führte ein betonierter Weg mitten durch eine Baumgruppe und vorbei an einem Teich zum Canyon. Während sie auf dem leicht abschüssigen Gelände dahinrollten, fasste Bob zusammen, wie es ihm ergangen war.

»Wir müssen herausfinden, was Mrs Willard und Li zu besprechen haben«, sagte Justus anschließend. »Wenn wir die Baumgruppe passieren, sind wir für kurze Zeit vor Blicken geschützt. Peter, du springst raus und schlägst dich zum Haus zurück. Bob und ich fahren weiter zur Hütte und parken so, dass man uns nicht sieht.«

»Und wie soll ich mich bitte ungesehen zum Wohnhaus ›zurückschlagen‹?«

»Ich werde mir ein Ablenkungsmanöver einfallen lassen«, sagte Bob. »Die Zeit nutzt du.«

Unmerklich verlangsamte Bob das Tempo. Als sie zwischen den Bäumen waren, bremste er kurz ab. Peter sprang aus dem noch leicht rollenden Wagen und drückte die Tür wieder zu. Sofort gab Bob wieder Gas.
Mit klopfendem Herzen sah Peter dem Wagen nach. Gleich würde der den Teich passieren, in den auf Stelzen ein kleines asiatisch verziertes Holzhaus gesetzt worden war.
Plötzlich kam der Wagen von der Straße ab und holperte über die Wiese. Er kam ins Schlingern und hielt nun direkt auf den Teich zu. Der Motor heulte auf. Es gab sogar eine Fehlzündung, die wie ein Peitschenhieb über die Wiese schallte.
Das war der Moment! Peter drehte sich um und lief geduckt los. Rechts senkte sich das Gelände in Richtung Meer ab. Das würde ihm Sichtschutz geben. Er passierte ein paar Miniaturbäume und schön gesetzte blühende Büsche und erreichte nach kurzer Zeit den entgegengesetzten Bereich des Grundstücks. Kein falscher Justus oder sonst jemand schaute aus einem der hinteren Fenster.
Peter ließ die Eingangstür links liegen und drückte sich vorsichtig an der Wand entlang. Sein Ziel war die Terrasse, auf die sich Mrs Willard und Li zurückgezogen hatten. Kurze Zeit später erreichte er ein großes, bodentiefes Fenster. Davor war innen ein baumwollartiger Sichtschutz gespannt, sodass man nicht hineinsehen konnte. Am Ende des Fensters erlaubte aber ein kleiner Spalt einen Blick ins Zimmer. Peter erspähte einen Teil einer ausgezogenen Couch, die mit Bettwäsche bezogen war. Es musste der Schlafraum von Mrs Willard sein.
Von hier war es nur noch ein kurzes Stück bis zur Hausecke, hinter der die Terrasse lag. Es war bereits die Stimme von Mrs

Willard zu hören, doch noch konnte Peter nicht verstehen, was sie sagte. Vorsichtig schlich er vorwärts.
»Du brauchst dir wirklich keine Sorgen zu machen, Alice!« Nun war es Li, die sprach. Peter war jetzt direkt hinter der Hausecke. »Eric möchte dir bestimmt sagen, dass alles in Ordnung ist. Du hast die Detektive gerufen. Seine Seele wird Ruhe finden, weil du dich um sie kümmerst. Seid ihr denn mit dem Rätsel weitergekommen?«
»Nein. Aber die drei ??? suchen alles ab. Vielleicht können uns ja auch die anderen Jungen weiterhelfen? Sie scheinen mir das Herz auf dem rechten Fleck zu tragen, wenn sie sich so um Tiere kümmern.«
»Diese drei von vorhin? Hat das mit den Tieren nicht Zeit bis später?«
»Ich fände es schön, wenn sie fündig würden. Vielleicht erwächst daraus auch eine Aufgabe für mich. Ich könnte das Gartenhaus an Tierbeobachter vermieten und …«
»Ach, Alice!«, unterbrach sie Li. »Träume nicht! Als Erstes sollte nun Eric unsere Gedanken bestimmen!« Peter hörte, wie ein Stuhl zurückgeschoben wurde. »Ich rufe jetzt die drei ???. Sie sollen uns Bericht erstatten.«
Der Zweite Detektiv spannte die Muskeln an. Was er bisher gehört hatte, war noch nicht sehr aussagekräftig.
Nach einigen Momenten kam Li zurück. Im Schlepptau die falschen drei ???.
»Setzt euch«, sagte Mrs Willard. Stühle wurden geschoben.
»Wie weit seid ihr gekommen?«, fragte Li.
»Das Rätsel ist schwierig«, antwortete der falsche Justus. »Aber für die drei ??? gibt es keine zu schwierigen Rätsel!«

Mrs Willard lachte kurz. Dann sagte sie: »Ich verstehe immer noch nicht, warum mir Eric so eine Aufgabe hinterlassen hat. Einfach zu bestimmen, dass ich Geld für seine Grabbeigabe finden soll! Und dann mit diesem vertrackten Rätsel. Er musste doch wissen, dass ich es nicht lösen kann.«
»Ein paar Fortschritte haben wir gemacht. Das Papier ist oben. Peter, los, hole es mal!«
»Nicht nötig«, sagte Li. »Erzählt lieber zuerst, wo ihr schon überall gesucht habt!«
Das Rätsel liegt oben, ging es Peter durch den Kopf. Und alle sind unten. Was für eine Chance! So leise und so schnell es ging, schlich er um das Haus. Als er auf den Vorplatz trat, zückte er sein Dietrichset. Doch die Tür war nur angelehnt! Hatte Li vergessen, sie zu schließen?
Egal. Peter schlüpfte durch den Spalt und zog die Tür hinter sich zu.

Der Totentisch

Bob grinste bis über beide Ohren. Die Fehlzündung war der Höhepunkt gewesen! Der Wagen hoppelte über die Wiese. Sicherheitshalber würgte der dritte Detektiv den Motor noch zweimal ab. In Schlangenlinien lenkte Bob das Auto dann zurück auf den Fahrweg.

Justus hatte sich an den Vordersitz geklammert. »Eine wahrhaft hervorragende Vorstellung«, kommentierte er, »sogar derart, dass mir fast schlecht geworden ist!«

»Hoffentlich hat es als Ablenkung gereicht.« Bob gab etwas Gas, dann hatten sie die Hütte erreicht.

Es war ein einfaches, aus Holz gebautes Haus mit einer Grundfläche von vielleicht sechs mal zehn Metern. Bob kreiste einmal auf dem Vorplatz und parkte dann seitlich des Hauses ein. Vom Anwesen aus konnte man so allenfalls die Heckklappe des VW sehen. Er stieg aus und lief zur Eingangstür, in der wie versprochen der Schlüssel steckte. Dann tat er so, als ob er Justus und Peter zuwinken würde, und rief: »Ihr könnt das Zeug schon mal auf die Veranda bringen!« Dass man ihn im Anwesen vermutlich gar nicht hören konnte, war Bob egal. Alles sollte authentisch wirken.

Die Hütte hatte zwei Räume. Der, in den man durch die Tür direkt eintrat, hatte eine Garderobe und eine einfache Küche. Daneben gab es eine Art Wohn-Schlaf-Raum mit einem breiten ausziehbaren Sofa, über dem ein Fotokalender hing. Ansonsten waren die Wände kahl.

Durch eine zweiflüglige verglaste Tür ging es auf die Holzve-

randa, auf der schon Justus stand und ein Handy in der Hand hielt.
Bob trat zur Tür und öffnete sie.
Justus deutete auf das Telefon. »Das ist Peters«, sagte er missmutig. »Es muss ihm bei seiner Aktion noch im Auto aus der Hosentasche gerutscht sein. Nun ist es ihm unmöglich, uns um Hilfe zu rufen.«
»Ich hoffe, er riskiert nicht zu viel«, antwortete Bob und trat auf die Veranda, »denn mit dem falschen Peter ist nicht zu spaßen. Wenn wir in einer halben Stunde nichts vom Zweiten hören, schauen wir nach ihm.«
»Einverstanden.«
Gemeinsam trugen sie das Gepäck ins Haus. Dann schlenderte Justus an den äußersten Rand der Veranda, den man, wie er feststellte, vom Haupthaus aus einsehen konnte. Er baute das Fernrohr mit Stativ auf und positionierte es in der Nähe des Zauns.
Bob hatte derweil Wasser in zwei Gläser eingeschenkt und trat an das Geländer. Vor ihnen lag der kleine Canyon. Ganz unten im Tal floss der Wildbach. Tatsächlich hatte man einen hervorragenden Blick darauf, auch wenn ein paar Bäume und Büsche die komplette Sicht auf den Bachlauf verhinderten. Das Wasser glitzerte in der Sonne.
»Und? Schon ein Schnabeltier entdeckt?«, fragte Justus grinsend.
Bob drückte seinem Freund ein Wasserglas in die Hand. »Sag mal, was hältst du nun von den dreien?«
Justus trank einen Schluck und blickte in den Canyon. »Unfreundlich und nicht besonders helle. Zweifellos suchen sie

irgendetwas. Etwas, das mit dem verstorbenen Eric Nguyen zusammenhängt. Offenbar hat Mrs Willard die falschen ??? engagiert, weil sie durch ihre Verletzung selbst kaum mobil ist. Aber wer hat ihr die Kerle auf welche Art und Weise angedreht?«

»Ich könnte bei der Zeitung anrufen«, sagte Bob. »Die haben uns ja angeblich vermittelt. Wir kennen die Leute, die dort arbeiten. Vielleicht kann sich jemand an den Brief erinnern.«

»Gute Idee, Dritter. Und wir müssen mehr über die Jungen herausfinden.«

»Der Justus heißt eigentlich Luke. Das habe ich eben belauscht.«

»Luke …« Justus verzog das Gesicht. »Als wir auf dich gewartet haben, habe ich den Peilsender unter deren Auto geklemmt! Ich hoffe, wir können sie abpassen, wenn sie verschwinden, und ihnen folgen.« Er kniff die Augen zusammen. Irgendetwas hatte sich im Bach unten bewegt. Es flatterte und flog auf. Ein Vogel.

»Hast du dir das Rätsel merken können?«, fragte Bob.

Justus schüttelte den Kopf. »Das ging zu schnell. Text, Schriftzeichen, Zeichnungen. Wir müssen uns in Ruhe damit beschäftigen. Wir brauchen ein Foto davon. Oder noch besser das Original. Möglicherweise gibt es auf dem Papier Hinweise, die mit bloßem Auge nicht erkennbar sind. Nur leider wird es dieser Luke vor uns verstecken.«

»Und was hältst du von Li? Sie scheint eine Art esoterische Beraterin zu sein.«

»Im Moment traue ich keinem.« Justus dachte nach. »Hast du nicht ein Foto erwähnt, das du gemacht hast?«

»Ach ja!« Bob zückte sein Telefon. »Dieser Totentisch. Warte …« Er suchte die Aufnahme und drückte Justus das Handy in die Hand.
»Auf dem Tisch steht ein eingerahmtes Foto«, stellte der Erste Detektiv fest. »Könnte Eric Nguyen sein. Und dazu Dinge, die der Verstorbene in das Totenreich mitnehmen soll. Haben wir hier Internetempfang? Ich weiß zu wenig über die Begräbniskultur der Vietnamesen. Die meisten Menschen in Vietnam sind Buddhisten, doch es gibt auch Christen und Gläubige anderer Religionen. Und alles mischt sich mit althergebrachten Ahnenkulten.«
»Probieren wir es«, sagte Bob.

Vorsichtig schob Peter die nur angelehnte Eingangstür des Wohnhauses auf. Er blieb stehen und musste sich erst einmal an das gedämpfte Licht gewöhnen. Ganz leise drangen die Stimmen von der Terrasse zu ihm durch. Besonders der falsche Justus war gut aus dem Gespräch herauszuhören.
Der Zweite Detektiv sog die Luft ein. Ein süßlich-herber Duft mischte sich in den Geruch der Räucherstäbchen. Sein Blick wanderte umher. Neben dem Eingang stand eine Kommode, auf der an einer Buddhafigur ein paar frankierte Briefumschläge lehnten. Peter nahm sie auf und sah sie durch. Post an Versicherungen und dazu zwei Briefe, die wohl Todesanzeigen enthielten. Er stellte die Umschläge wieder ab und sah die Treppe hinauf. Dort war Bob von den falschen drei ??? überrascht worden. Stufe um Stufe schlich Peter nach oben. Noch bevor er das Ende der Treppe erreicht hatte, fiel sein Blick auf den kleinen Tisch mit den Geschenken, den Bob erwähnt

hatte. Neugierig trat Peter näher. Lange Räucherstäbchen qualmten vor sich hin. Zwischen der Obstschale und einer Vase lagen Geldscheine. Peter nahm das Bündel in die Hand. »Spielgeld«, murmelte er. Im Haus knackte etwas. Peter sah sich um. Niemand zu sehen. Eine Puppe zog ihn wie magisch an. Sie stand neben einer Speisekarte eines vietnamesischen Restaurants. Dreißig Zentimeter groß, aus Holz, bemalt. Der fein gearbeitete Gesichtsausdruck des dargestellten Mannes erinnerte ihn an jemanden. Unwillkürlich fiel sein Blick auf das Foto des Verstorbenen. Das gleiche markante Kinn. War die Figur ein Abbild des Toten? Peter wollte sein Telefon zücken, um ein Foto zu machen. Doch das steckte nicht mehr in der Hosentasche! Ein Schreck durchfuhr ihn. Hatte er es hier verloren? Oder womöglich draußen vor dem Schlafzimmerfenster? Vielleicht ja auch beim Verlassen des Autos – das wäre die beste Variante! Jedenfalls: kein Foto. Er wog die Figur in der Hand, schüttelte sie. Enthielt sie ein Geheimnis? Vielleicht konnte er sich die Figur ja kurz ... ausleihen und später zurückbringen. Kurz entschlossen klemmte er sie sich unter den Gürtel.

Dann blickte er sich weiter um. Vor einer der Türen lagen Kuchenbrocken. Hier hatte wohl der Kampf stattgefunden. Peter schlich hin, die Tür war nur angelehnt. Er horchte. Immer noch klangen leise die Stimmen von der Terrasse herauf. Also öffnete Peter die Tür.

Hier drin war der süßlich-herbe Geruch sehr stark. Das Bett war von der Wand abgerückt, der Nachttisch stand mitten im Raum und auf dem Boden lag neben einer umgekippten eingeschalteten Lampe aufgeklappt ein Buch mit dem Rücken

nach oben. Vor allem aber: Auf der zerwühlten Bettdecke wellte sich das Blatt mit dem Rätsel. Peter trat ein und lehnte leise die Tür wieder an. Er ging zum Bett, nahm das Rätsel und zog das Papier glatt. Er stöhnte leise: Das sah kompliziert aus! Zu dumm, dass er es nicht fotografieren konnte!
Von unten war ein Klappern zu hören. Wahrscheinlich holte nur jemand etwas aus der Küche. Trotzdem sah sich Peter nach Versteckmöglichkeiten um. Unter das moderne Bett passte er nicht. Vielleicht hinter den Raumteiler, der seitlich neben dem Fenster stand und mit asiatischen Zeichen verziert war. Waren da nicht doch Schritte? Er lauschte. Ja. Leise Schritte. Doch sie waren nicht unten … sondern hier oben, draußen auf dem Flur!
Oder hörte er auch schon Gespenster?
Peter griff sich das Rätsel und rollte es eilig zusammen. Wie eine Katze schlich er hinter den Paravent. Gerade noch rechtzeitig. Mit dem letzten Blick auf die Tür sah Peter, wie sie langsam aufgezogen wurde.

Peter hält den Atem an

Jemand betrat den Raum. Ganz deutlich spürte Peter die Anwesenheit des anderen. Der schnaufte leicht. Aber er bewegte sich wie ein leises Tier. Nun war er am Bett. Genau an der Stelle, an der Peter eben noch gestanden hatte. Die Längsstäbe der Gelenke am Paravent ließen einen schmalen Schlitz frei, durch den Peter linsen konnte. Vor Überraschung hielt er den Atem an. Es war keiner der falschen Detektive, wie er vermutet hatte. Und auch nicht Li! Ein kleiner, drahtig wirkender Mann kehrte ihm den Rücken zu und hob die Bettdecke an. Sachte ließ er sie wieder sinken und schlich zum Nachttisch. Dann bückte er sich und suchte den Boden ab, nahm das Buch hoch, legte es wieder hin. Immer noch konnte Peter das Gesicht des anderen nicht erkennen. Nur das elegante dunkle Jackett, das einen blauen Kragen hatte, fiel ihm auf. Und der seltsame Haarwirbel, der wie ein Dreieck vom Hinterkopf abstand. Das war doch der Mann, den sie gestern vergeblich verfolgt hatten! Der Eindringling richtete sich auf und atmete tief die Luft ein. Dieser seltsame, betörende Geruch irritierte auch ihn. Jetzt tat er einen Schritt zur Seite und war damit aus dem Blickfeld verschwunden. Peter hörte Glas klimpern, wie wenn zwei Flaschen gegeneinanderstießen. Dann plötzlich kamen die Schritte näher. Auf dem Paravent zeichnete sich bereits ein dunkler Schatten ab, der schärfer und schärfer wurde.

Der Zweite Detektiv nahm die Grundstellung ein. Er kannte einige Kampftechniken. Wichtig war vor allem, dass er das Überraschungsmoment nutzte.

Wieder Geräusche von unten. Küchengeräusche. Eine Frauenstimme rief: »Ich bringe es dir nach draußen!«
Der Mann vor dem Paravent zögerte. Der Schatten wurde wieder undeutlicher, löste sich schließlich ganz auf. Peter spürte den Windhauch, als die Zimmertür aufgezogen und kurz darauf ganz geschlossen wurde.
Erleichtert atmete der Zweite Detektiv auf. Die Situation hatte sich gedreht. Nun war er, Peter, der Jäger. Sollte er den Unbekannten verfolgen? Peters Hand umklammerte immer noch das Rätsel. Entschlossen trat er hinter dem Paravent hervor, durchquerte den Raum und öffnete die Tür einen Spalt weit. Von dem Mann war nichts zu sehen. Hatte er sich irgendwo versteckt? Mit angespannten Muskeln schritt Peter auf den Flur, bereit zur Verteidigung. Doch nichts geschah. Kaum hörbar klickte unten die Haustür ins Schloss. Anscheinend hatte der Eindringling den Rückzug angetreten. Peter hastete zur Treppe. Die Stimmen aus der Küche waren nun deutlich vernehmbar. »Ich fahre dann wieder«, sagte Li genau in dem Moment, als sich Peter mitten auf den Stufen befand, und Mrs Willard antwortete von draußen: »Bis heute Abend, wenn es nicht zu spät wird!«
Peter stoppte. Hier auf der Treppe war er auf dem Präsentierteller. Rückzug oder Flucht? Er überlegte blitzschnell. Wahrscheinlich rückten auch die falschen Detektive gleich wieder an. Sie würden sehen, dass das Rätsel fehlte. Dann wäre sicher Alarm im Haus. Peter besaß das Papier und diese seltsame Figur klemmte in seinem Gürtel. Alles sprach für Flucht.
»Ach, Li?«, rief Mrs Willard. »Warte einen Moment. Kannst du mir neue Räucherstäbchen mitbringen?«

Jetzt oder nie.
Der Augenblick hatte gereicht. Fast lautlos zog Peter die Eingangstür hinter sich zu. Von dem Mann war nichts zu sehen. Peter sprintete auf einen der Ziersträucher zu und versteckte sich dahinter. Wenige Sekunden später trat Li aus dem Haus, stieg in ihr Auto und fuhr davon.
Peter ballte die Faust um das Rätsel. Ja!, rief er in sich hinein. Jajaja! Das hatte er gut gemacht! Wenn auch um Haaresbreite alles schiefgegangen wäre. Und das verschwundene Handy machte ihm Sorgen. Doch der Ausflug hatte sich gelohnt. Justus und Bob würden staunen!
Da der Mann offenbar verschwunden war, wählte Peter dieselbe Route, die er gekommen war. Als er die letzten Meter zu der Baumgruppe zurücklegte, hörte der Zweite Detektiv, wie Bobs VW Käfer startete. Er erreichte die Bäume und postierte sich so hinter dem Grün, dass er vom Auto aus gesehen werden konnte. Der dritte Detektiv saß am Steuer, sonst war niemand im Wagen. Der VW rollte heran. Bob sah Peter, bremste ab und ließ seinen Freund schnell einsteigen.
»Wir hatten uns Sorgen gemacht«, sagte Bob, als Peter neben ihm auf den Sitz gerutscht war. »Ich wollte gerade nach dir sehen!«
»Nicht nötig, Bob.«
»Du hast dein Handy verloren! Da wir nicht wussten, ob du mal wieder in Schwierigkeiten kommen würdest, habe ich eine Rettungsaktion gestartet.« Bob drehte und fuhr aus dem Wäldchen wieder auf das Gartenhaus zu.
»Ich? Schwierigkeiten?« Peter lachte. »Alles war vollkommen tiefenentspannt. Ich habe das Rätsel!«

»Echt?«
»Ja! Das Original!« Peter rollte das Blatt auseinander.
Vor Schreck kam Bob fast aus der Spur.
»Und was habt ihr inzwischen unternommen?«, fragte Peter betont lässig.
»Wir haben den Beobachtungsposten für Schnabeltiere aufgebaut, uns über vietnamesische Bestattungen informiert und bei der Rocky Beach Today angerufen. Es war nur ein Journalist da, aber genau der, der uns interviewt hat. Er jedenfalls konnte sich nicht an einen Brief an uns erinnern. Irgendetwas ist faul an der Story. Der Journalist will noch die Kollegen befragen, aber ich tippe: Die werden auch nichts wissen!«
Sie passierten den Teich mit dem asiatischen Holzhaus. Direkt am Ufer gegenüber waren zwei kleine Sitzreihen in den Hang gebaut worden. Es sah aus wie ein Mini-Theater.
»Die Fehlzündung war übrigens fantastisch«, sagte Peter. »Gratulation!«
Bob lachte. »Hat mich auch überrascht. Es muss daran liegen, dass Justus' Onkel den Motor inspiziert hat. Da kommt immer so etwas bei raus ...«
Sie erreichten das Gartenhaus und stiegen aus.
Justus erwartete sie auf der Veranda. Ungeduldig zupfte er an seiner Unterlippe. Sofort fiel sein Blick auf das Rätsel. Seine Augen strahlten. »Du hast das Original?«
»Selbstverständlich!«, sagte Peter. »Und niemand hat mich beobachtet. Obwohl der seltsame Mann mich im Schlafzimmer oben fast überrascht hat. Ich glaube, das war der von gestern!« Peter berichtete, was geschehen war.
»Respekt!«, sagte Justus. »Dass du das Rätsel akquiriert hast,

birgt allerdings ein gewisses Risiko. Vielleicht wird man uns verdächtigen. Aber wenn wir Glück haben, beschuldigen sich die drei falschen Detektive auch untereinander. Schließlich glauben sie, wir drei wären hier im Gästehaus gewesen. Misstrauisch genug ist dieser Luke ja. Sollen sie sich doch Gedanken machen! Und was ist mit der Figur?« Justus zeigte auf Peters Gürtel, unter dem die Holzstatue klemmte, die er sich von dem Totentisch »ausgeliehen« hatte.

»Sie hat Ähnlichkeit mit Eric Nguyen«, sagte Peter und reichte die Figur Justus. »So etwas interessiert dich doch immer!«

»Bob hat ein Foto von dem Tisch gemacht«, sagte Justus. »Ich verfüge bereits über diese Information. Dass du das Rätsel mitgenommen hast, ist sehr gut – aber dann auch noch die Figur? Das ist sehr heikel, Zweiter!«

»Na ja, das mit dem Foto wusste ich nicht, und Mrs Willard kommt doch gar nicht die Treppe hoch!«

»Aber Li oder den drei Hochstaplern kann auffallen, dass sie fehlt. Bei der nächsten Gelegenheit postierst du sie wieder an ihren Ort!«

»Ich hatte einfach das Gefühl, dass die Puppe wichtig ist. Vielleicht enthält sie ein Geheimnis!«, sagte Peter.

Justus hielt inne und schüttelte sie. Kein Geräusch. »Erzähl mir nichts von Ahnungen, Peter! Das ist mir alles zu spekulativ. Kümmern wir uns lieber um das Rätsel. Das ist konkret!«

»Sollen wir reingehen?«, fragte Bob. »In der Küche hab ich ein Drehschloss für Jalousien gesehen, die könnten wir runterlassen.«

»Leider nicht, die Jalousien dazu fehlen nämlich, wie mir vorhin aufgefallen ist«, sagte Justus. »Nein, bleiben wir in der Sonne!« Nach diesen Worten rollte der Erste Detektiv das Blatt aus, hielt es prüfend gegen das Sonnenlicht, legte es dann flach auf den Tisch und beugte sich darüber.

Es war ein langer, handgeschriebener Text. Der Großteil auf Englisch, unterbrochen von kurzen Teilen in Vietnamesisch. Immer wieder waren zwischen den Wörtern kleine Zeichnungen eingefügt. Möbel, Pflanzen, Tiere und Fantasiekreaturen wie Drachen oder Seeungeheuer.

Justus las vor. »*Sie raste über die Bergstraße. Der Volvo scherte nach links aus, um sie zu überholen. Sie wollten sie nach rechts in den tiefen Abgrund drängen* ... Klingt wie ein Krimi.« Er legte das Blatt zurück auf den Tisch, ging in das Gartenhaus und holte sein Notebook, um die vietnamesischen Zeilen im Internet übersetzen zu lassen. Dazu musste er die entsprechenden Passagen zunächst einscannen. Nach einer Weile ließen sich mit etwas Fantasie und Sprachgefühl die automatischen Übersetzungen in verständliche Sätze umwandeln. *Vögel haben Nester, Menschen haben Vorfahren,* stand da geschrieben. Und: *Geht sorgsam mit den Schätzen der Natur um! Einmal schweigen ist neunmal glücklich. Viele Hände machen ein schnelles Ende. Wer Hunger hat, dem schmeckt auch Salz. Lehre den Affen nicht das Klettern. Augen sind Spiegel der Seele.*

»Puh!«, sagte Peter. »Vielleicht steckt die Lösung des Rätsels ja in diesen kleinen Einschüben.«

»Sie klingen wie Sprichwörter«, sagte Bob.

Doch da wurden die drei ??? jäh in ihren Überlegungen unterbrochen. Das Signal des Peilsenders bewegte sich!

Belauscht!

»Die falschen Detektive hauen ab!«, rief Peter.

Die drei Jungen sprangen auf. Schnell stopfte der Zweite Detektiv die Holzfigur in eine Stativtasche, während Justus das Rätsel notdürftig unter einem Kochbuch in der Küche versteckte und Bob die Sporttasche mit ihrer Ausrüstung griff. Kurze Zeit später startete der dritte Detektiv den VW.

Er fuhr so schnell über das Grundstück, wie es der schmale Weg zuließ. »Wie kommen wir durch das Tor?«

»Li hat gesagt, dass es automatisch aufgeht, wenn man hinausfährt«, sagte Peter. »Nur wenn man reinwill, braucht man entweder eine Codekarte oder muss klingeln.«

»Na, dann gib Gas!«

Das Auto erreichte das Wohnhaus. In dem Moment ging die Eingangstür auf. Unwillkürlich trat Bob auf die Bremse.

Es war Mrs Willard, die auf ihrem Rollstuhl durch die Tür kam und den drei ??? aufgeregt zuwinkte.

»Mist!« Ein paar Meter weiter kam Bob zum Stehen und kurbelte das Seitenfenster herunter. »Was ist passiert?«

Nervös sah Justus auf den Peilsender. Gerade hatte er wieder Signal gegeben, nachdem es vorher kurz weg gewesen war.

»Ich brauche Hilfe«, rief Alice. »Die Räucherstäbchen!«

»Wie bitte?« Bob meinte, sich verhört zu haben.

»Die drei ??? haben vergessen, neue Räucherstäbchen anzuzünden. Wenn sie erlöschen, verliere ich den Kontakt zu Eric!«

Bob sah Justus an, der mit den Augen rollte. »Wir haben es eilig«, rief er nach draußen.

»So wichtig wie das kann nichts sein! Noch nicht einmal Schnabeltiere!« Mrs Willard rollte ein Stück nach vorne und kam dabei mit einem Rad der Stufe vor dem Eingang gefährlich nahe.

»Passen Sie auf!«, rief Bob.

Nun öffnete Justus die Seitentür, sprang heraus und legte den Sitz nach vorne. »Stan wird Ihnen helfen, Mrs Willard.«

»Was soll das?« Peter bewegte sich keinen Millimeter.

»Mach schon!«, zischte Justus leise. »Wir haben keine Zeit! Zünde die Dinger an und schau dich weiter um. Bob und ich schaffen das schon alleine!«

Mit zusammengekniffenem Gesicht gehorchte Peter. Er kletterte nach draußen, Justus sprang in den Wagen und Bob brauste davon.

Peter sah ihnen kurz nach, dann zwang er sich zu einem Lächeln und lief auf Mrs Willard zu.

»Warum habt ihr es denn so eilig?«, fragte die junge Frau.

»Ein ... unser Lehrer wollte uns noch schnell in der Stadt treffen ... aber er muss gleich mit dem Bus weg!«, stotterte Peter. »Warten Sie! Ich drehe Sie herum und fahre Sie wieder rein.«

Der Duft der Räucherstäbchen lag noch in der Luft, als Peter Mrs Willard in das Wohnhaus schob. Sein Blick streifte die Buddhafigur auf der Kommode, die ihm bereits vorhin aufgefallen war. Etwas fehlte. Die Briefumschläge waren verschwunden. Wer hatte sie wohl eingesteckt? »Ach, Jonathan und Micky hätten Ihre Post mitnehmen und einwerfen können«, sagte er betont beiläufig und fügte dann hinzu: »Oh, die Umschläge sind ja gar nicht mehr da. Haben die drei ??? bestimmt schon gemacht!«

»Li erledigt das immer«, sagte Mrs Willard. »Sie ist vorhin in die Stadt gefahren. Aber sehr aufmerksam von dir!«
»Gerne«, sagte Peter. »Wo finde ich die Räucherstäbchen?«
»Die Packung liegt unter dem Andachtstisch«, antwortete Mrs Willard. »Sie brennen zwar besonders lange, aber irgendwann erlöschen auch sie. Li hat sie in einem Spezialgeschäft besorgt. Und entschuldige bitte mein Drängen eben. Ich bin dir sehr dankbar!«
»Schon gut.« Peter nickte und stieg die Treppe nach oben. Das letzte Stäbchen war tatsächlich gerade erloschen. Er fand das Päckchen und zündete den Nachschub an. Der Qualm stieg ihm in die Nase. »Schreckliches Zeug«, entfuhr es ihm.
»Wie bitte?«, rief Mrs Willard von unten.
»Sie können den Kontakt zu Eric wieder aufnehmen!«, antwortete Peter etwas lauter.
»Mach dich bitte nicht über mich lustig!«
»Aber nein, Mrs Willard.«
»Ach, und bring mir bitte die Figur mit.«
Peter durchfuhr es siedend heiß. Die Figur, die er eingesteckt hatte! Es wäre eine perfekte Gelegenheit gewesen, sie zurückzubringen. Aber sie hatten ja nicht vorgehabt, ins Haus zu gehen. »Welche … Figur?«
»Die Wasserpuppenfigur. Sie müsste auf der Anrichte liegen. Ich wollte sie abfotografieren. Eric hat sie nämlich …«
»Äh …«, sagte Peter und schob die Obstschale hin und her. »Da ist keine Figur.«
»Das kann doch nicht sein! Eine größere Holzfigur. Die kann man nicht übersehen.«
»Nein, nichts«, sagte Peter und fügte scheinheilig hinzu:

»Fragen Sie mal die drei ???. Die sind doch immer hier oben. Vielleicht haben sie etwas umgestellt. Aber Sie vertrauen denen ja sehr, oder?«

»Nun ja«, sagte Mrs Willard. »Eins von Erics Parfümfläschchen haben sie auch zerbrochen und es mir nicht gesagt. Aber ich habe es gerochen.«

Peter stieg die Treppe hinunter. »Tut mir leid mit der Figur«, sagte er. »Vielleicht haben sie sie irgendwie gebraucht. Wo sind die drei eigentlich hingefahren?«

»Nach Hause. Ihre Sachen holen. Sie wollen heute bei mir übernachten. Dann werde ich wohl etwas später ins Bett kommen ... Gewöhnlich gehe ich sehr früh schlafen und stehe entsprechend mit dem ersten Vogelgezwitscher auf.«

»Der frühe Vogel frisst das Korn«, versuchte sich Peter mit einem Sprichwort. »Was ist das eigentlich, eine Wasserpuppenfigur?«

»Eine Spielfigur für ein Wasserpuppentheater«, sagte Mrs Willard lächelnd und wies auf die Küchentür. »Möchtest du eine Tasse Tee? Dann setzen wir uns auf die Terrasse und ich erzähle es dir.«

Peter nickte. In der Küche deutete Mrs Willard auf eine Kanne und das Teegeschirr, und Peter stellte alles auf ein Tablett. Dann trug er es nach draußen. Er setzte sich und auch Mrs Willard rollte an den Tisch.

»Die Holzpuppe ist wie gesagt aus einem Wasserfigurentheater. Das ist eine alte vietnamesische Tradition. Eric hat sie sehr geliebt. Als ich klein war, hat er mir immer Geschichten davon erzählt. Und dann hat er sich einen Traum verwirklicht und sich draußen am Teich so ein Theater gebaut. Er hat sich auch eigene Theaterstücke ausgedacht. Meist über Dinge, die ihm selbst passiert sind im Leben. So verschlossen er nach außen war, so sehr hat er sich dafür geöffnet.«

Sie trank einen Schluck Tee und Peter sagte: »Sie haben ihn sehr oft gesehen?«

Mrs Willard schüttelte den Kopf. »Während meiner Ehe hatte ich den Kontakt zu meinem Onkel fast ganz verloren, aber er hat mir zu jedem Geburtstag einen Kalender mit Theatermotiven geschickt. Und jetzt, wo er gestorben ist, spüre ich, dass mich meine Herkunft viel mehr beschäftigt, als ich dachte.« Sie goss frischen Tee ein. »Dank Li erfahre ich nun sehr viel darüber.«

Li hier, Li dort, Li überall. Der Name ging Peter schon fast auf die Nerven. »Kennen Sie sie schon lange?«

»Nein. Hatte ich das nicht erzählt? Kaum war ich hier, meldete sie sich. Li war die spirituelle Beraterin meines Onkels und nun ist sie meine. Aber erzähle mir doch bitte, ob ihr schon etwas über die Tiere herausgefunden habt.«

»Ja, gerne.« Peter führte die Tasse an den Mund und verschluckte sich fast. Um die Hausecke, an die er vorhin herangeschlichen war, hatte ein Mensch geblickt – der falsche Bob!

»Ist der Tee zu heiß?«, fragte Alice.

»Geht schon«, presste Peter heraus. Der falsche Detektiv war also hiergeblieben. Anscheinend, um sie auszuspionieren!

»Wir haben unsere Geräte aufgebaut«, sagte Peter schnell und zählte sie alle auf. »Runtergestiegen zum Bach sind wir noch nicht. Das werden wir aber heute Abend machen. Wenn wir die Tiere finden, werden alle sehr stolz auf uns sein! Unsere Eltern, unsere Lehrer …«

»Und ich auch«, sagte Mrs Willard. »Ich liebe Tiere. Es ist schön, dass es solche Jugendlichen wie euch gibt. Oder auch wie die drei ???, die anderen so selbstlos helfen und dabei auch noch richtige Abenteuer erleben!«

»Das wäre uns viel zu gefährlich«, sagte Peter und warf einen Blick auf die Hausecke. War der falsche Bob noch da? Oder hatte er sich etwa auf den Weg gemacht, um ihr Gartenhaus zu untersuchen? »Mit Verbrechern und unheimlichen Orten haben wir es nicht so. Das lenkt zu sehr von der Schule ab.«

»In welche Schule geht ihr eigentlich?«

»Cape Anna Privatschule«, sagte Peter wie aus der Pistole geschossen.

»Oh, wie schön! Da kannte ich mal eine Lehrerin. Wie hieß sie noch … Sue … Miller? Oder?«

Peter schluckte. »Äh, ja, genau. Ich möchte Sie wirklich nicht länger aufhalten, Mrs Willard.« Umständlich stand er auf. »Vielleicht kann ich unten schon erste Messungen durchführen.«

»Ihr habt wirklich nichts im Kopf als eure Forschungen …«

»Das wird uns öfter gesagt, Mrs Willard.«

»Nun gut. Dann will ich dich nicht bremsen. Auch wenn ich etwas Unterhaltung immer genieße.«

»Wir werden bestimmt noch eine Gelegenheit dafür finden«, sagte Peter. »Soll ich die Tassen reinbringen?«

»Ich mache das schon!«

Peter nickte ihr zum Abschied zu und lief von der Terrasse aus direkt in die Parkanlage. Nach wenigen Schritten drehte er sich wie zufällig um. Der falsche Bob war nicht mehr da!

Einsatz in Santa Barbara

»Haben wir noch Kontakt zum Peilsender?«, fragte Bob, als sie mit dem Auto das Grundstück von Eric Nguyen verließen.

»Nein, momentan nicht«, sagte Justus nervös.

Zügig fuhr Bob über die Kreuzungen, gab Gas und wenig später hatte er die Straße durch die Berge erreicht. Eindringlich studierte Justus das Display des Empfängers, auf dem sich immer noch kein grünes Signal zeigte.

Bob raste auf einen kleinen Lieferwagen zu, der gemütlich die Straße runtertuckerte. »Das gibt es doch nicht! Wieso muss der jetzt hier entlangschnarchen?«

»Überholen?«, fragte Justus.

Bob bremste und zog den Wagen leicht nach links. Es kamen mehrere Autos entgegen. »Zu gefährlich.« Ungeduldig betätigte er die Lichthupe. Schließlich fuhr der Lieferwagen dicht an den Rand und Bob konnte ihn passieren.

»Ich hab sie!«, rief Justus kurze Zeit später. »Sie können nicht weit weg sein!«

Bob gab sein Bestes. Kontinuierlich pirschte er sich an den anderen Wagen heran, und als sie Santa Barbara erreichten, waren sie fast auf Sichtweite.

Justus dirigierte seinen Freund durch die Stadt, bis er plötzlich sagte: »Langsam. Sie scheinen am Zielort zu sein.«

Sie befanden sich in einem Stadtteil mit kleinen Ein- und Mehrfamilienhäusern. Bob lenkte den VW in eine Seitenstraße. Nach kurzer Zeit sahen sie den falschen Peter die andere Straßenseite entlangschlendern.

»Du übernimmst ihn und ich schaue, wo der falsche Bob und dieser verkniffene Luke stecken!«, sagte Justus.
Während Bob seine Verfolgung aufnahm, ging Justus ein Stück die Straße aufwärts. Von den anderen beiden keine Spur. Doch der Wagen parkte ein Stück weit entfernt am Straßenrand. Der Erste Detektiv beschloss, hinter einem Lieferwagen Position zu beziehen und zu warten. Die Sporttasche mit den Detektivutensilien zog schwer an seiner Schulter und er stellte sie auf den Gehsteig. Eine ganze Weile passierte nichts. Dann ging eine Haustür auf und der falsche Justus trat heraus. Allein. Er blickte sich um und lief eilig die Straße entlang, zum Glück nicht in Justus' Richtung. Der Erste Detektiv nahm die Tasche auf und schlich hinterher.
Die Gegend wurde belebter. Luke bog mehrmals ab, sodass Justus schon befürchtete, er hätte bemerkt, dass ihm jemand auf den Fersen war, und versuchte nun, seinen Verfolger abzuschütteln. Doch jetzt schritt er zügig in einen Park, lief ein Stück hinein und setzte sich auf eine Bank.
Der Erste Detektiv zögerte. Von der anderen Seite näherte sich eine Frau der Parkbank. Li! Sie setzte sich zu Luke.
Nun umgriff Justus seine Sporttasche und hastete los. Er betrat den Park durch einen anderen Eingang und lief in weitem Bogen um die beiden herum. Die Bank stand an einem kleinen Teich, der nach hinten von eng bewachsenen Tupelo-Bäumen gesäumt war. Sie boten einen guten Sichtschutz. Justus erreichte die Stelle und sah sich um. Ein Stück weiter stand ein Mann am Rande des Weges und starrte auf sein Handy. Eine Frau beugte sich über ihren Kinderwagen. Niemand beachtete ihn. Unbemerkt schlug sich Justus in die Büsche. Vorsichtig schlich

er vorwärts, bis er eine gute Stelle gefunden hatte. Dort packte er sein Richtmikrofon aus und steckte den Minihörer ins Ohr. Es dauerte einen Moment, bis er Li und den falschen Justus so angepeilt hatte, dass er etwas verstand.

»... haben die das Rätselblatt?« Das war Li.

Luke antwortete: »Die Jung-Biologen? Die waren doch im Gartenhaus. Und haben ihr tolles Tier beobachtet. Vielleicht steckt der seltsame Mann dahinter, den ich gestern auf dem Gelände beobachtet habe. Der mit diesem Haarzipfel.«

»Hm. Wir müssen aufpassen«, sagte Li. »Das gefällt mir alles nicht. Was hältst du eigentlich von den drei Jungen?«

»Sie sind ziemlich neugierig. Aber ich kenne solche Typen. Letztlich sind das nur kleine verpeilte Besserwisserwürstchen, die scharf auf gute Noten sind und auf dem Schulhof immer verprügelt werden!«

Li lachte. »Und Autofahren ist auch nicht so ihre Sache! Wenn ich an das Geeiere auf dem Gelände denke ...«

»Kein Wunder, Streber sind selten praktisch veranlagt!«

»Meinst du, sie können uns nützlich sein? Sollen sie uns beim Suchen helfen? Natürlich können wir ihnen nicht sagen, worum es geht, aber ...«

»Mir wäre es am liebsten, sie würden verschwinden.«

»Uns läuft die Zeit weg! In zwei Tagen wird Eric bestattet. Dann haben wir keinen Grund mehr zu bleiben und Alice schmeißt uns raus!«

»Weiß nicht. Der Zöpfchentyp und der Brillenheini sind harmlos. Richtige Angsthasen. Aber der Kerl mit dem Unkraut auf dem Kopf, der nervt mich irgendwie. Dem ist nicht zu trauen! Sollen wir die drei nicht lieber ein wenig grillen?«

»Nein, ihr sollt euch auf die Suche konzentrieren!«
»Glauben Sie eigentlich diese Geistergeschichte von Alice?«
»Ach was, das bildet sie sich ein. Aber uns spielt es in die Karten. Es reicht …«
»Hey! Was tust du da?«
Justus schrak zusammen. Ein Polizist drängte sich hinter ihm durch die Zweige.

Ein geheimes Treffen

»Für das Wässern der Parkanlagen ist eigentlich die Stadt zuständig!«, sagte der Officer, ohne eine Miene zu verziehen.
Gerade noch rechtzeitig hatte Justus das Richtmikrofon in der Sporttasche verschwinden lassen und den Clip vom Ohr gezogen. Er drehte sich ganz um und nestelte umständlich an seiner Hose herum. »Äh … ein Notfall!«
»Paragraf neun Punkt sieben: Das Urinieren in der Öffentlichkeit ist verboten, auf Straßen, Gehwegen und allen anderen öffentlichen Plätzen«, sagte der Officer. »Ich muss das melden und du kannst eine Stellungnahme abgeben.«
Justus schielte durch die Büsche. Li und Luke hatten sich von der Bank erhoben und kamen den Weg entlang. Gleich würden sie ihn und den Officer hören können!
»Ja … Sir«, stotterte Justus und ließ die Zweige los, »das war ein Notfall und das Ganze ist in der Tat außerordentlich misslich.«
»Name?«
Kurz entschlossen zog Justus umständlich eine Visitenkarte aus der Hosentasche. Um weitere Zeit zu gewinnen, strich er sie ein wenig glatt. Inzwischen waren Li und der falsche Justus hoffentlich vorbeigeschlendert.
»Justus Jonas«, flüsterte er, als sei er heiser, und reichte dem Officer die Karte. »Von den drei ???.«
Der Polizist nahm die Visitenkarte und schüttelte den Kopf. »Detektive …«, murmelte er und musterte Justus. »Na, ihr solltet es eigentlich besser wissen. Nun hau schon ab!«

Peter musste sich beeilen. Der falsche Bob hatte ihn und Mrs Willard auf der Terrasse gesehen und war seitdem verschwunden. Nichts Gutes ahnend schlug Peter die direkte Richtung zum Gartenhaus ein. Als er auf Höhe des Teiches war, blieb er an einem Felsen stehen. Von hier aus konnte er alles einsehen. Er musste nicht lange warten. Wenige Augenblicke später kam der falsche Bob die Straße heruntergelaufen. Er gab sich keine Mühe, sich zu verbergen. Offenbar vermutete er Peter weiter auf der Terrasse bei Mrs Willard.

Der Zweite Detektiv duckte sich hinter den Felsen und beobachtete, wie der andere Junge das Haus erreichte, prüfend durch ein Fenster blickte und sich dann an der Tür zu schaffen machte. Kurz darauf verschwand er im Haus.

Diesen Moment nutzte Peter. In einem Bogen lief er auf das Haus zu. Kurz darauf drückte er sich an der Wand entlang. Aus dem Inneren drangen Geräusche, ein Möbelstück wurde verschoben.

Als er neben dem Wohnzimmerfenster stand, riskierte Peter einen Blick nach innen. Der falsche Bob stand auf einem Stuhl und machte sich an der Deckenlampe zu schaffen. Zwar hatte er Peter nicht den Rücken zugewandt, aber er war zu konzentriert auf das, was er tat, um den Zweiten Detektiv zu bemerken. Vorsichtig zog sich Peter wieder zurück.

Was sollte er tun? Den anderen stellen? Oder das Spiel mitspielen und prüfen, was der falsche Bob an der Lampe angebracht hatte?

Peter entschied sich für Letzteres. Er schritt zur Tür und gab sich dabei keinerlei Mühe mehr, leise zu sein. Mit dem Schlüssel stocherte er im Schloss herum. Drinnen hektische

Geräusche. »Mist«, sagte Peter wie zu sich selbst, »der falsche Schlüssel!« Er wiederholte die Aktion, öffnete umständlich die Tür, schritt bedächtig durch den ersten Raum, um dann einen Blick in das Wohnzimmer zu werfen.
Der falsche Bob war weg. Mit einem leisen Schlag drückte ein Windstoß die Verandatür zu.

Da nicht viele Fußgänger unterwegs waren, hielt Bob deutlich Abstand. Der falsche Peter hatte es plötzlich ziemlich eilig. Fast verlor er ihn aus den Augen. Sie gingen Richtung Stadtzentrum. Die Gegend wurde belebter. Der vietnamesische Junge steuerte ein Straßencafé an und setzte sich dort an einen der äußeren Tische. Bob stellte sich vor ein Schaufenster in der Nähe und beobachtete ihn aus den Augenwinkeln. Kurz darauf hielt in der Nähe ein Wagen. Der dritte Detektiv rieb sich die Augen: Es war das gelbe Cabrio! Elegant sprang der kleine, wendige Fahrer heraus. Bob glaubte nicht an einen Zufall. Das war der Mann, den sie beobachtet hatten! Der Fremde setzte sich zum falschen Peter und redete sofort energisch auf ihn ein.
Irgendwie musste Bob näher an die beiden herankommen, damit er mithören konnte. Ein Königreich für eine Verkleidung! Der dritte Detektiv sah sich um. Ein Stück die Straße runter kippten Müllmänner den Inhalt schwarzer Tonnen in ihren Wagen. Nein, keine passende Idee. Doch der Straßenmusiker in dem beigefarbenen Umhang, der am Ausgang einer Einkaufspassage stand und Gitarre spielte! Kurz entschlossen lief Bob hinüber. Beim Näherkommen sah er, dass es eine jüngere Frau war, die unter einem mit lauter Muscheln verzierten

Schlapphut munter die Leute anblickte und alte Hits von den Beach Boys zum Besten gab. Bob zückte einen Zehn-Dollar-Schein. Das war es jetzt wert. Er beugte sich zu ihrem Sammelbeutel auf dem Boden hinunter und hielt den Schein über die Öffnung. So verharrte er und blinzelte die Frau an. »Du bekommst ihn, wenn du mir für zehn Minuten deine Gitarre leihst. Und deinen Hut«, sagte er.
Sie unterbrach ihren Gesang. »Warum sollte ich das tun?«
»Es ist eine Wette. Ob ich mich traue, als Straßenmusiker aufzutreten.« Bob lächelte charmant.
»Wie viel gewinnst du?«
»Äh ...«, sagte Bob, »... zwanzig Dollar.«
»Dann sind die für mich. Dir reicht doch wohl die Ehre, oder?«
»Na gut«, musste Bob wohl oder übel einlenken, »okay!«
»Wo sind deine Wettpartner?«
»Die machen versteckte Kamera. Du wirst sie nicht entdecken.«
»Hm. Und wenn du mit meiner Gitarre abhaust?«
»Geh mir einfach hinterher. Ich muss einmal zum Café und zurück. Das ist alles.«
»Okay«, sagte sie. »Irgendwie gefällst du mir. Nett, mit deinem Zopf!«
»Ich bin übrigens Bob.«
»Sirene«, sagte die Frau und fügte hinzu: »Mein Künstlername.« Sie reichte ihm Gitarre, Hut und auch noch den Umhang. Bob zog die Sachen an und hängte sich den Instrumentengurt um. Dann schlug er ein paar Akkorde an.
»Klingt schrecklich«, sagte Sirene. »Was soll das sein? *Heart*

of Gold? Vielleicht solltest du besser noch ein wenig üben!« Sie nahm ihr Geld aus dem Beutel und reichte ihn Bob. »Viel Glück!«

Der dritte Detektiv hängte sich den Beutel an den Gürtel und ging los. Während er den Gehweg entlangschritt, spielte er seinen Song weiter. Er hatte wenig Talent fürs Gitarrespielen und das Lied war eines der wenigen, deren Text er auswendig konnte. Sirene folgte ihm in gebührendem Abstand. Als er seitlich auf das Café zukam, setzte Bob die Gitarre ab und tat so, als wollte er sich einen Platz aussuchen. Seine Zielpersonen saßen mit dem Rücken zu ihm am anderen Ende der Tische und bekamen nichts davon mit.

Während Bob langsam auf den Tisch der beiden zusteuerte, erhielt er den einen oder anderen genervten Blick. Als er nahe genug war, hielt Bob inne, tat so, als würde er prüfen, ob sein Geld wohl für einen Kaffee reichen würde, aber in Wirklichkeit horchte er. Und roch. Ein sonderbarer Duft lag in der Luft, Bob kannte ihn …

»Wenn du es findest, schaff es zur Seite!«, sagte der Mann gerade. Er sprach mit einem Akzent, den Bob sofort einordnen konnte. Er musste ein Franzose sein. »Ich weiß, das ist eine Menge Holz und es ist nicht ganz einfach …«

»Jaja«, antwortete der falsche Peter knapp, »das habe ich doch alles versprochen!«

»Du musst es vor den anderen finden, klar? Sie dürfen nichts mitbekommen!«

»Aber wie soll ich das tun? Ich kann ja nicht immer allein …«

»Dein Problem! Ich muss dir nicht noch mal sagen, was sonst passiert. Dann verrate ich alles deinem Freund!«

Bob konnte nicht länger herumstehen, ohne dass es den anderen Gästen auffiel.
»Haben *Sie* eigentlich das Rätsel gestohlen?«, fragte der falsche Peter gerade.
»Wie kommst du denn darauf?«
Da stieß Bob mit der Gitarre an einen Stuhl und der Mann wandte sich um. Sofort drehte ihm der dritte Detektiv den Rücken zu und ging.
»Ich muss meine Geschäftsidee ändern«, strahlte Sirene, als ihr Bob wenig später zwanzig Dollar auszahlte. »Du kannst gerne öfter vorbeischauen!«
»Äh, ja«, sagte Bob. »Jedenfalls hast du mir sehr geholfen.«
»Du findest mich hier immer nachmittags«, sagte sie. »Ich kann dir auch beibringen, wie man besser spielt.«
»Gerne!« Bob lächelte ihr kurz zu. Dann blickte er zurück zum Café. Der Mann schob den falschen Peter gerade in das Cabrio und sie fuhren davon.
Kurz darauf traf Bob wieder in der Straße ein, in der er sich von Justus getrennt hatte. Der stand hinter einem Lieferwagen und winkte ihm zu. Er berichtete, dass Luke in einem Haus verschwunden war. Auch der falsche Peter war eben dort hineingegangen, er musste irgendwo in der Nähe von dem Cabrio abgesetzt worden sein. Nur von dem dritten Detektiv gab es nach wie vor keine Spur.
Bevor Bob erzählen konnte, was er erlebt hatte, stapften die zwei falschen Fragezeichen aus dem Wohnhaus. Sie waren in Begleitung eines Mädchens mit einer Sporttasche, das sich von Luke kumpelhaft verabschiedete, dem falschen Peter einen Blick zuwarf und dann in Justus' und Bobs Richtung abbog.

Wenig später lief es achtlos an den beiden Jungen vorbei, die sich nebeneinandergestellt hatten und so taten, als würden sie sich gegenseitig etwas auf ihren Handys zeigen. Doch in Wirklichkeit schoss Justus ein Bild von dem Mädchen.
»Sollen wir sie verfolgen?«, fragte Bob leise. Er sah ihr hinterher. Sie hatte einen beschwingten Gang und ihre Sporttasche wippte im Rhythmus ihrer Schritte.
»Die Schwester von Kneifgesicht Luke«, sagte Justus. »So wirkte es auf mich. Ist dir der Cheerleader-Schriftzug auf ihrer Tasche aufgefallen? Vermutlich geht sie zum Training.«
Er linste zur anderen Seite. Die zwei falschen Detektive packten gerade ihr Gepäck ins Auto und brausten kurz darauf davon.
»Die sind zu zweit«, entfuhr es Bob. »Wo steckt der Dritte?«
»Ich befürchte, noch bei Alice Willard«, sagte Justus. Eine Sorgenfalte bildete sich auf seiner Stirn. »Hoffentlich war Peter vorsichtig genug.«

Sun Pho

Nachdem sich Justus und Bob in einem Supermarkt mit Verpflegung eingedeckt hatten, nahmen sie Kurs zurück zur Barranco Road. Doch bereits nach wenigen hundert Metern rief Justus: »Halt an, Bob!« Er wies mit der Hand nach draußen. *Sun Pho*, stand auf einem schmutzigen Leuchtschild, unter dem eine einfache Glastür in ein Restaurant führte. Es war das Lokal von Eric Nguyen.

»Vielleicht bekommen wir etwas über Eric heraus«, sagte Justus. »Die Zeit sollten wir uns nehmen. Mrs Willard hat eine Andeutung gemacht, dass sie sich wundert, wo er all sein Geld herhatte.«

»Von dieser Bude bestimmt nicht«, antwortete Bob mit einem Blick auf die unscheinbare Gaststätte.

Die beiden Detektive hielten an, überquerten die Straße und traten ein. Es war ein typisches Schnellrestaurant, in dem man sich eine der nummerierten asiatisch-amerikanischen Speisen bestellen und damit an einen der Resopaltische setzen konnte, sofern man es nicht vorzog, draußen im Gehen zu essen. Es war wenig los jetzt am späten Nachmittag. Hinter der Theke langweilten sich eine Frau und ein Mann. Sie trugen Papphütchen auf dem Kopf, auf die die Umrisse Vietnams und eine rote Sonne aufgedruckt waren. Auf kleinen Schildern am Revers standen die Namen Thilan und Rafael.

»Hallo«, sagte Justus, »einmal die dreizehn bitte.«

Auch Bob nannte eine Nummer und die beiden Mitarbeiter kamen in Bewegung. Die Frau namens Thilan begann, in einer großen Nudelpfanne zu rühren, und schaufelte dann eine Portion daraus in einen Pappbecher.

»Nun haben wir es doch nicht mehr geschafft, rechtzeitig ins Sun Pho zu kommen«, sagte Justus beiläufig.

Die Frau warf ihm einen kurzen fragenden Blick zu.

»Wir kannten Eric«, sagte Justus, »haben manchmal Sachen für ihn in seinem Garten erledigt. Traurig, dass er nicht mehr unter uns weilt.«

Thilan blickte von ihrem Pappbehälter auf. »Das ist wirklich schade, ja. Ich war seine Managerin hier, ich weiß noch gar nicht, wie es weitergehen soll.«

»Wir haben von dem schrecklichen Unfall gehört«, sagte Justus, »wie ist es eigentlich genau passiert?«

Die Frau sah die beiden Jungen an und beschloss offenbar, ihnen zu vertrauen. »Zu schnell gefahren, in einer Kurve von der Straße abgekommen und gegen einen Baum geprallt.« Sie seufzte, als könnte sie es immer noch nicht fassen.

»Ich habe gehört, er war an dem Tag in Long Beach«, fasste Justus nach.

»Ja. Er hat da irgendetwas am Hafen besorgt. Das hat er hin und wieder gemacht und dabei immer auch Blumen für unser Restaurant mitgebracht. Die lagen sogar noch im kaputten Auto.« Sie reichte Justus das Essen und machte sich an die Portion für Bob.

»Also geschah der Unfall auf der Strecke zwischen Long Beach und Santa Barbara?«, fragte Bob.

Thilan schüttelte den Kopf. »Nein, in der Barranco Road. Eric war wohl noch kurz zu Hause, obwohl er sehr spät dran war. Er wollte mich längst ablösen.«

»Schrecklich!« Justus holte Luft. »Wissen Sie, warum er dann nicht direkt ins Restaurant gekommen ist?«

Die Managerin blickte Justus in die Augen. »Neugierig bist du wohl gar nicht?« Sie reichte Bob seine Box.

»Noch was zu trinken?«, fragte der Typ, der sich an die Kasse gesetzt hatte.

»Nein, danke.«

»Dann 16 Dollar 98 bitte.«

Justus zahlte. »Sie haben übrigens vollkommen recht mit dem ›neugierig‹«, sagte er zu der Frau. »Und wissen Sie auch, warum? Zurzeit macht sich die Nichte in seinem Haus breit und die verrät einfach gar nichts. Da will man umso mehr wissen.«

»Ach, seine Nichte ... Jetzt auf einmal kommt sie!«

»Und diese Li, Erics spirituelle Beraterin, springt da auch noch rum«, ergänzte Justus.

»Die kenn ich nicht«, sagte Thilan knapp. »So – nun lasst es euch schmecken!«

Das war es wohl mit dem Gespräch. Justus und Bob bedankten sich, genossen an einem der Tische das leckere vietnamesische Essen und setzten sich wieder in ihren Wagen.

Schweigend fuhren sie los. Nach ein paar Augenblicken sagte Justus: »Was hat Nguyen bloß am Hafen erledigt? Und was bedeutet ›immer mal wieder‹? Eric besaß viel Geld, jedoch sicher nicht durch sein Schnellrestaurant. Geld, hinter dem nun offenbar einige Leute her sind. Li? Dieser Mann, den wir beobachtet haben?«

Bob runzelte die Stirn. Er wusste keine Antwort.

Schließlich sagte Justus: »Wenn ich zusammenfasse, was wir

wissen, dann könnte es so sein: Eric schreibt ein Rätsel für seine Nichte Alice, damit sie das versteckte Geld für die Grabbeigabe findet. Doch Alice kann das Rätsel nicht lösen und fragt Li, die das Geld für sich abzweigen will. Vielleicht hat sie diese faulen Fragezeichen eingeschleust.«

»Vermutest du«, sagte Bob.

»Ja, vermute ich. Ich habe vorhin ein wenig über vietnamesische Trauerrituale recherchiert«, erläuterte Justus. »Es verhält sich in der Tat so, dass man den Toten alle möglichen Dinge mit ins Grab legt, damit es der Seele nach dem Tod weiterhin gut geht. Geldbeträge gehören dazu. Inzwischen wählt man aus naheliegenden Gründen zwar Spielgeld, aber unser Mr Nguyen wollte wohl auf Nummer sicher gehen und hat sich echtes gewünscht.«

»Und der Geist?«, fragte Bob.

»Selbstverständlich bildet sich Alice Willard den Geist nur ein. Aber für Li könnte es ein Leichtes sein, diese Einbildung zu nutzen, um Alice' Gedanken in eine bestimmte Richtung zu lenken und ihr Gewissen zu belasten.«

»Und was ist mit dem Typ mit dem Haarbüschel«, fragte Bob, »der wie ein kleiner Haubentaucher auf- und abtaucht, nur um dann plötzlich wieder ganz woanders zu erscheinen?«

Justus schmunzelte. »Haubentaucher ist gut. Du hast gesagt, er spricht einen französischen Akzent?«

Bob nickte. »Ich hatte den Eindruck, als würde er den falschen Peter unter Druck setzen, dass er gegen seine Freunde arbeitet. Aber vielleicht sind die Jungs auch schlauer und spielen selbst alle gegeneinander aus, um am Ende die komplette Summe für sich zu behalten.«

»So einen Plan traue ich diesem Luke durchaus zu«, murmelte Justus.
»Immerhin scheint es um viel zu gehen. Es sei eine ganze Menge Holz, hat der Franzose gesagt.«
»So hat er sich ausgedrückt?«
»Ja. Sollen wir Mrs Willard von unserem Verdacht erzählen?«
Justus schüttelte den Kopf. »Noch verfügen wir über keinerlei Beweise. Am besten, wir beobachten unsere drei falschen ...«
»... Schnabeltiere ...«
»... und in dem Moment, in dem sie an das Geld kommen, schlagen wir zu. Noch lieber wäre es mir allerdings ...«
»... wenn wir das Rätsel selbst lösen und vor ihnen das Versteck finden!«, ergänzte Bob Justus' Gedanken.
Justus lächelte.
Bob bog von der Hauptstraße ab und fuhr auf die kleine Siedlung zu. Als sie sich Nguyens Haus näherten, sahen sie, dass vor dem Tor ein unbekannter Mann mit einer Kamera in der Hand das Namensschild studierte. Er schritt auf ihr Auto zu. Bob kurbelte das Fenster herunter.
»Seid ihr die jungen Naturwissenschaftler?«, fragte der Mann und zückte die Kamera.
»Keine Fotos bitte!«, rief Justus scharf.
»Na, na, na, junge Herren, ihr werdet doch wohl in die Zeitung kommen wollen, oder? Schließlich habt ihr das Schnabeltier entdeckt!«
»Bisher haben wir rein gar nichts entdeckt.« Justus stieg aus. »Ich fürchte, Ihre Story fällt leider aus! Wer hat Sie überhaupt informiert?«
»Berufsgeheimnis«, sagte der Mann. »Also gut. Ich lass euch

noch in Ruhe. Hier habt ihr meine Karte. Ruft mich an, wenn ihr das Tier gefunden habt. Verstanden?« Er winkte zum Abschied übertrieben freundlich und eilte zu seinem Auto, das ein paar Meter weiter stand.

Als er im Davonfahren war, glitt das gegenüberliegende Tor auf und Mr Baxter samt Hund Dicky trat heraus. »Wer war das denn?«, fragte der Nachbar. »Geht es etwa schon los mit dem Trubel?«

Justus sah auf den Hund, der feindselig zurückstarrte und leicht die Lefzen hochzog. »Sieht so aus«, antwortete er. »Sagen Sie, Mr Baxter, es herrscht ja ein ziemliches Kommen und Gehen hier. Vorhin lief ein kleinerer Mann über das Gelände, mit einem lustigen Haarbüschel am Hinterkopf. Wir wollten ihn nach dem Schnabeltier fragen, aber da war er schon wieder weg.«

»Ach, der«, sagte Baxter. »War ab und zu bei Eric zu Gast, vielleicht ein alter Freund der Familie. Schließlich kommt er inzwischen sogar mit einer Codekarte durch das Tor!« Der Nachbar nahm seinen Hund am Halsband und stapfte Richtung Wendekreis.

Nachdenklich klingelte Bob bei Mrs Willard. »Das war doch bestimmt Mr Baxter, der dem Journalisten einen Tipp gegeben hat«, sagte er.

Justus nickte. »Aber interessant, was er zu dem Franzosen gesagt hat. Dass er schon früher hier war, als Eric noch lebte. Ein alter Freund der Familie ... Dann aber einer, der mit verdeckten Karten spielt.«

Lehre den Affen nicht das Klettern

»Ach, ihr seid es!«, rief Mrs Willard durch die Sprechanlage. »Ich würde euch ja gerne meine letzte Codekarte geben, dann müsstet ihr nicht immer klingeln, aber die habe ich irgendwie verlegt.«

»Kein Problem«, rief Justus, »heute werden wir Sie nicht mehr belästigen. Es wird bald dämmrig. Ab sofort finden Sie uns auf Beobachtungsstation beim Canyon.«

»Viel Erfolg!«

Das Tor öffnete sich und Bob fuhr auf das Grundstück. Die letzten Strahlen der Sonne tauchten noch einmal alles in warmes goldenes Licht. Vor dem Wohnhaus parkte der Wagen der falschen Detektive. Ohne anzuhalten, fuhr Bob daran vorbei, kurze Zeit später durchquerten sie das Wäldchen und passierten dann den See mit dem kleinen asiatischen Gebäude.

Peter erwartete sie vor dem Gästehaus.

Erleichtert stiegen Justus und Bob aus. Peter legte seinen Finger an die Lippen und kam auf sie zu. »Der falsche Bob war hier«, flüsterte er, »und er hat eine Abhörwanze im Wohnzimmer angebracht. An der Deckenleuchte. Ich habe sie schon entdeckt!«

»Und entfernt?«

»Nein. Dann werden sie nur misstrauisch.«

»Gut so«, sagte Justus und schmunzelte.

Sie zwinkerten sich zu. Dann gingen sie ins Gartenhaus.

»So«, verkündete Justus extra laut, »jetzt haben wir genug Vorräte für die nächsten Tage! Tiefkühlpizza, Cola ...«

Schwungvoll öffnete er den Kühlschrank und knallte ihn wieder zu.
»So ungesundes Zeug?«, fragte Peter. »Meine Mama sagt immer –«
»Deine Mama, deine Mama! Stan, wenn wir die Schnabeltiere beobachten, haben wir keine Zeit zum Kochen!« Justus lief ins Wohnzimmer, kletterte auf einen Stuhl und inspizierte die Abhörwanze. Dann sagte er: »Komm mit nach draußen, Stan, die Geräte ausrichten! Micky, kannst du uns solange was vorlesen?« Justus wies auf eins der Bücher, das sie zur Tarnung eingepackt hatten. »Die Einleitung ist von unserem Lehrer. Er wird stolz auf uns sein, wenn er erfährt, dass wir sein Buch gelesen haben!«
»Gute Idee«, sagte Bob und warf ebenfalls ein Auge auf die Deckenlampe. »So können wir die Zeit sinnvoll nutzen!«
Während sich Justus und Peter mit dem Rätsel auf die Veranda verzogen, schnappte er sich das Buch und setzte sich aufs Sofa. »Hört ihr mich?«
»Bestens!«, brüllte Justus von draußen zurück.
»Also«, begann Bob und schlug das Buch auf. »Heilige, teure und gefährliche Pflanzen Südostasiens. Unser Lehrer schreibt: Wenn man sich mit der Vegetation Asiens beschäftigt, wird man überrascht sein, welch einer großen Vielfalt man begegnet. In diesem Buch werden wir geheimnisvolle Waldbestände kennenlernen, von verborgenen Pflanzengesellschaften hören, uns an vielfältigen Farben und Formen erfreuen und …«
Während Bob las, machten es sich Justus und Peter auf der Terrasse bequem und brachten sich – durch Bobs Stimme gut gegen die Wanze abgeschirmt – auf den neusten Stand.

Anschließend rollte Justus das Rätsel aus. »Die englischen Stellen«, sagte er, »sind formuliert wie ein Roman. Wir sollten prüfen, ob es eine Vorlage dafür gibt. Bob kann das später erledigen. Wir nehmen uns erst mal die Sprichwörter vor. *Vögel haben Nester, Menschen haben Vorfahren. Geht sorgsam mit den Schätzen der Natur um! Einmal schweigen ist neunmal glücklich. Viele Hände machen ein schnelles Ende. Wer Hunger hat, dem schmeckt auch Salz. Lehre den Affen nicht das Klettern. Augen sind Spiegel der Seele.* Fällt dir dazu was ein, Peter?«, fragte Justus.

»Nichts und gleichzeitig eine ganze Menge«, sagte der Zweite Detektiv. »Soll ich mal laut vor mich hin denken? Ich kann das nämlich auch …«

Justus nickte.

»*Vögel haben Nester, Menschen haben Vorfahren* – es könnte um ein Haus gehen. Das ist das Nest der Menschen. Und darin gibt es vielleicht Gemälde von Familienangehörigen. Oder … einen Gedenktisch! *Geht sorgsam mit den Schätzen der Natur um* – *Schätze* könnte auf das Geld hinweisen, vielleicht ist es draußen versteckt. In der Natur. *Einmal schweigen ist neunmal glücklich* … Die Ziffern eins und neun?« Peter lachte. »Manchmal wäre es auch ein gutes Motto für dich, Just!«

»Hahaha!«

»*Viele Hände* … Na ja, je mehr Leute suchen, desto besser! Wahrscheinlich kann man das Versteck nicht alleine öffnen. Dann der Hinweis auf Salz. Meerwasser? Vielleicht der Teich, wir sollten das Wasser mal probieren. *Lehre den Affen nicht das Klettern* – den Affen nicht, aber stattdessen die Schatzjäger? Ist das Geld auf einem Baum? Neben dem Sprichwort ist eine

Mauer gezeichnet. Geht es um die Grundstücksmauer? Ein Baum bei der Mauer. Mit einem Nest, also dem Versteck? Der Bezug zur Natur passt auch!«

»Das geht nun ein wenig schnell, Zweiter.«

Doch Peter kam immer mehr in Schwung. »Und die *Vorfahren* beziehen sich vielleicht auf einen Codenamen.«

»Deine Assoziationen in allen Ehren, aber ...«

»Die meisten Bäume wachsen in dem kleinen Waldstück«, sprudelte Peter weiter, »aber zwischen dem Teich und der Mauer steht ebenfalls ein Baum.«

»Vom Aussehen her könnte es eine Tamariske sein«, überlegte Justus. »Diese Bäume haben die Fähigkeit, auf salzhaltigen Böden zu wachsen. Wenigstens das würde passen. Aber mir scheint das doch alles sehr weit ...«

»Aber was ist mit *Augen sind Spiegel der Seele*?«, unterbrach Peter. »Vielleicht ... zwei Astlöcher. Oder zwei eingearbeitete Edelsteine, auf die man drücken muss!«

Justus zuckte mit den Schultern. »Ich würde sagen, sehr hypertroph!«

»Was heißt das denn?«

»Ich denke mal, du würdest es mit *abgefahren* übersetzen.«

Peter holte Luft. »Just! Ich weiß, dass du sonst immer alles löst. Gib mir doch auch mal eine Chance! Es könnte doch tatsächlich so sein.«

»Unwahrscheinlicher als ein Sechser im Lotto.«

»Ich probiere es aus. Ich klettere auf den Baum. Es wäre doch ein Jammer, wenn wir nicht nachsehen und das Geld vergammelt dort.«

»Ich gebe zu, dass der Baum an einer sehr exponierten Stelle

steht«, sagte Justus. »Nachsehen kann man dort natürlich. Aber nur deswegen. Und auch erst, wenn es dunkel ist. Lös doch jetzt mal Bob ab, er klingt schon etwas heiser, und dann kann er nach dem Roman recherchieren.«
Peter nickte und lief nach drinnen. »Ich lese weiter«, sagte er, »kannst du Jonathan das Laptop nach draußen bringen? Er will was über die Trittspuren der Schnabeltiere nachsehen.«
Bob warf Peter einen dankbaren Blick zu, übergab ihm das Buch und verzog sich mit dem Notebook nach draußen.
Justus bat ihn, im Internet nach den Textstellen zu forschen, während er selbst sich immer und immer wieder das Rätsel durchlas.
Ohne jeden Lösungsansatz.
Aber Bob wurde fündig. Er drehte das Notebook herum, sodass Justus auf den Bildschirm sehen konnte. »Der Romantext ist eins zu eins abgeschrieben. Und zwar aus einem Krimi! Der heißt *Maskerade.*«
»Dann war ich auf der richtigen Spur«, stellte Justus fest. »Wir müssen uns das Buch besorgen. Vielleicht ist das ein Teil des Rätsels!« Wieder beugte er sich über das Papier.
Irgendwann ging die Sonne unter und ein kühler Wind hob an. Justus ließ von dem Rätsel ab und stapfte schlecht gelaunt mit Bob ins Haus.
Peter blickte auf. »Wirklich eine klasse Einleitung«, sagte er laut. »Unser Lehrer hat voll was drauf! Aber ich bräuchte mal eine Pause. Seid ihr mit den ... Nachforschungen weitergekommen?«
»Nicht so richtig«, sagte Justus. Plötzlich nervte es ihn, dass sie die Abhörwanze drangelassen hatten. Er wollte sich weiter

mit seinen Freunden beraten. »Was haltet ihr eigentlich von den drei Fragezeichen?«, fragte er und zwinkerte Peter und Bob zu. Er bückte sich zu ihrer Ausrüstungstasche und packte ein kleines elektronisches Gerät aus, das Peter und Bob noch nie gesehen hatten.

»Dieser Justus scheint mir ein arg arroganter Typ zu sein«, antwortete Bob grinsend. »Und kein Respekt vor guten Noten.« Er holte Luft. »Detektive! Ich kann mir wirklich keine beklopptere Beschäftigung vorstellen, mit der man die Zeit totschlagen kann. Dauernd dieses Kriminelle und Böse! Das ist ja noch ekelhafter als Sport!«

Und Peter ergänzte gespielt naiv: »Mrs Willard hat erzählt, dass jemand eine Figur von dem Andachtstisch geklaut hat. Voll frech! Das können ja eigentlich nur die drei gewesen sein!«

Justus überprüfte die Knöpfe an der kleinen Box und sagte listig: »Vielleicht steckt ja auch der seltsame Mann dahinter, den wir heute Vormittag auf dem Gelände beobachtet haben. Denn ich kann mir kaum vorstellen, dass so tolle Detektive etwas stehlen! Ach, Micky, schalte bitte mal das Deckenlicht ein. Es ist langsam zu dunkel hier.«

»Aber klar!« Bob stand auf und betätigte den Schalter.

Genau in dem Moment knipste Justus sein Gerät an.

Der Eindringling

»Was ist … das?«, fragte Bob und zeigte auf das elektronische Teil.

Justus grinste. »Ein Störsender. *Jammer* genannt. Die drei können uns jetzt nicht mehr hören.«

»Bist du sicher?«, fragte Peter.

Justus nickte. »Der falsche Bob hat eine Standardwanze verwendet. Die sendet jetzt nur noch ein Rauschen. Und er bekommt Ärger von seinen Freunden, weil er die Wanze ausgerechnet an der Deckenleuchte platziert hat statt an einem weniger anfälligen Ort!« Er kicherte.

»Seit wann hast du das Ding?«

»Vielleicht seit zwei Wochen? Onkel Titus hat es im Nachlass eines Paranoikers gefunden – ein Mensch mit Verfolgungswahn«, erklärte Justus, bevor Peter nachfragen konnte. »Ich habe es getestet. Wir sind sicher!«

Nun konnten sie auch noch einmal alle gemeinsam ihre Informationen und Überlegungen austauschen. Bob erzählte Peter von den Romanzitaten im Rätsel und nannte ihm den Titel des Krimis.

»Wie bitte?«, rief der Zweite Detektiv. »Genau dieses Buch habe ich im Schlafzimmer von Mr Nguyen gesehen!«

»Dann war das seine Vorlage«, sagte Bob. »Wir müssen uns das Exemplar besorgen. Vielleicht hat er darin etwas vermerkt oder so.« Dann berichtete er von seiner Observierungsaktion in der Stadt. »Ich hatte den Eindruck, dass Haubentaucher Druck ausgeübt hat auf den falschen Peter. Und Justus hat beobachtet, dass sich Luke und Li heimlich getroffen haben. Luke scheint übrigens eine Schwester zu haben.«

»Sieht sie gut aus?«, fragte Peter, mehr um Justus zu necken, als dass es jetzt wichtig gewesen wäre.

»Schau selbst«, sagte Justus und zückte sein Telefon.

Peter sah auf das Bild. Das Mädchen schlenderte vorbei, im Hintergrund sah man den falschen Peter, der ihr seltsam nachblickte. »Tut sie«, sagte der Zweite Detektiv und gab Justus das Telefon zurück. »Ach, ich habe übrigens noch etwas zu Li zu berichten. Das hätte ich fast vergessen! Es ist wahrscheinlich, dass sie den Brief an die Zeitungsredaktion von Rocky Beach abgefangen hat! Sie nimmt immer die Post von Mrs Willard mit.«

»Sehr gut, Peter!«, lobte Justus. »Sie kann Alice also die drei falschen Detektive untergejubelt haben. Das macht sie hochverdächtig. Hast du dich sonst noch mit Mrs Willard unterhalten?«

Peter nickte. »Sie mag eine übersinnliche Ader haben, aber naiv ist sie nicht. Sie hat erzählt, dass sie sich erst seit Kurzem den alten vietnamesischen Traditionen zuwendet. Zu Eric hatte sie über lange Zeit wenig Kontakt. Aber jedes Jahr hat er ihr einen Kalender von seinem Wasserpuppentheater geschickt. Das muss dieses Haus in dem Teich im Garten sein. Er hat es selbst gebaut und liebte es wohl ganz besonders. Die Theaterstücke hat er selbst geschrieben, über Sachen, die er selbst erlebt hat.«

»Ach.« Justus nickte nachdenklich. Sein Blick fiel auf den Wandkalender, der über der Couch hing. Er nahm ihn herunter und blätterte ihn aufmerksam durch. »Das ist sicher auch so ein Foto-Kalender. Es sind alles Szenen aus dem Wasserpuppentheater. Die Frage ist, ob die Bilder eine Geschichte erzählen und ob das irgendwie auch für uns von Interesse sein könnte.«

»Hat das nicht Zeit? Ich möchte jetzt prüfen, ob ich das Rätsel gelöst habe!«, sagte Peter. »Dunkel genug ist es inzwischen.«

»Wenn dir dann wohler ist«, sagte Justus, blätterte den Kalender jedoch noch zu Ende durch und legte ihn dann zur Seite.

Sie klaubten ihre Utensilien zusammen und machten sich auf den Weg. Vom Meer her zog die durch die Vegetation gewürzte Nachtluft über den Hang herauf. Nguyens Haus lag still da, nur einige Fenster waren erleuchtet. Schnell erreichten die drei ??? die Abzweigung, die zum See mit dem kleinen Theater führte.

»Wie spielt man eigentlich dieses Wasserfigurentheater?«, wollte Peter wissen.

»Im weitesten Sinne wie Marionettentheater«, sagte Justus. »Nur, dass die Figuren nicht an Fäden hängen, sondern an langen Holzstangen befestigt sind, die horizontal unter dem kleinen Holzgebäude durch das Wasser führen. An deren Ende schauen die Figuren aus dem Wasser. Die Puppenspieler selbst stehen hinter dem Holzhaus und sind für die Zuschauer nicht zu sehen, die auf der gegenüberliegenden Seite des Teiches sitzen.«

Inzwischen hatten sie die Wasserfläche erreicht und umrundet. Die drei ??? blieben stehen und lauschten. Bis auf den leichten Wind, der durch Büsche und Bäume strich, war nichts zu hören. Im Haus brannte nur noch ein Licht im oberen Stock.

Wahrscheinlich rissen die drei falschen Schnabeltiere inzwischen in voller Verzweiflung die Dach- und Fußbodenbeläge raus.

»Da ist er«, stellte Justus fest. Er deutete auf einen dunklen großen Schatten, der sich zwischen ihnen und der Grundstücksmauer gegen den Nachthimmel abzeichnete. »Dein Baum, Peter.«

Bob riskierte mit seiner Taschenlampe einen kurzen Schwenk nach oben. Etwas Metallenes reflektierte das Licht zurück. Elektrisiert schaltete er die Lampe wieder aus. Sollte es so einfach sein?

Peter schätzte den Baum auf eine Höhe von zehn Metern. Kräftig gewachsen, hatte er den Winden vom Meer her widerstanden. In ihm konnte man bestimmt gut etwas verstecken. Der Zweite Detektiv fand eine Stelle, an der er zum Klettern ansetzen konnte.

Nach wenigen Augenblicken sahen Justus und Bob nur noch ein dunkles Etwas, das sich durch die Äste des Baumes quälte. Ab und zu vernahmen sie ein Ächzen, waren sich aber nicht ganz sicher, ob die Äste unter Peters Gewicht litten oder ihr Freund unter der Anstrengung.

»Siehst du was?«, fragte Bob.

»Ich komme nicht dran!«

»Bist du zu schwer?«, fragte Bob.

»Nein. Der Baum ist zu schwach.« Ein abgebrochener Ast fiel herunter. »Arrgh!«

Der Baum erzitterte und ein paar Blätter rieselten herab.

»Peter?«

In dem Moment flammte in der Ferne ein kleines, sehr helles

Licht auf. Es schien von außerhalb des Grundstücks zu stammen. Der Lichtstrahl fiel über die Grundstücksmauer und traf irgendwo auf das Wohnhaus.
»Komm herunter, Peter, sofort«, befahl Justus. »Das bringt nichts da oben. Wir müssen weg!«
»Ich bin gleich dran«, ächzte Peter. »Nur noch ... ein kleines Stück ... Verdammt!«
Der Zweite Detektiv verlor den Halt und glitt nach unten. Bob versuchte, seinen Freund zu fassen, doch der Schwung war zu stark, sodass Peter ungebremst auf der Wiese landete.
Ein Schmerz schoss durch sein linkes Bein. Mühsam rappelte er sich hoch und testete vorsichtig dessen Belastbarkeit. »Gebrochen ist wohl nichts. Eher verstaucht.« Er tat ein paar Schritte und verzog das Gesicht. »Ich hab mich schon mal besser gefühlt!«
»Hat es sich wenigstens gelohnt?« Bob deutete auf das seltsame Ding, das Peter in der Hand hielt, und leuchtete es an.
»Das ist ja ... ein kaputter Lenkdrachen«, sagte Peter ernüchtert. »Hat sich wohl irgendwann mal im Baum verfangen.«
»Vielleicht warst du doch etwas zu euphorisch beim Lösen des Rätsels«, meinte Justus. »Aber das spielt jetzt keine Rolle. Dieses seltsame Licht an der Mauer. Kommt, Kollegen, wir müssen dem auf den Grund gehen.«
Sie sahen hinüber zum Wohnhaus. Immer noch strahlte das helle Licht in das Grundstück hinein.
»Ohne mich, bitte«, sagte Peter. »Mir tut jeder Schritt weh. Am liebsten würde ich hierbleiben und auf euch warten.«
»Schaffst du es zum Gästehaus?«
»Wenn ich langsam mache, schon, denke ich.«

»Dann geh und kühle dein Bein. Bob, wir schauen dort drüben nach dem Rechten.«
Erleichtert stimmte Peter zu. Für eine nächtliche Verfolgungsjagd war er nicht mehr zu gebrauchen.
Sie trennten sich. Mühsam schleppte sich der Zweite Detektiv zurück in die Hütte. Vor der Tür drehte er sich noch einmal um. Das Licht an der Mauer war nun erloschen. Justus und Bob würden wissen, was sie taten. In dem Zustand konnte er ihnen nicht helfen. Aber vielleicht auf anderem Wege. Er schnappte sich die Holzfigur, die er in der Stativhülle auf der Veranda hatte liegen lassen, ließ sich auf das Sofa im Wohnzimmer fallen und legte das Bein auf den Tisch.
Er betrachtete das Gesicht. Eric Nguyen. Verbarg dieser Mann ein Geheimnis? Woher hatte er sein Geld?
Peter legte die Figur zurück und griff nach dem Buch, aus dem er vorgelesen hatte, um Justus und Bob akustische Rückendeckung zu geben. Er hatte wie ein Automat gelesen, ohne den Sinn hinter den Zeilen zu erfassen. Doch bei einer Passage war seine Aufmerksamkeit plötzlich zurückgekehrt. Er blätterte durch die Seiten. Dann fand er die Stelle. Es ging um einen seltsamen Baum. Eine Bemerkung des Autors über seinen Duft war der Auslöser für Peters Stutzen gewesen. Genauer gesagt, über den Duft seines Holzes. Duft – das war ohnehin etwas, was sich durch ihren ganzen Aufenthalt hier zog.
»Das könnte …«, murmelte Peter, während seine Augen immer schneller von Zeile zu Zeile flogen, »… das könnte tatsächlich sein!« Mit steigender Aufregung blätterte er zu dem entsprechenden Kapitel, las es gebannt, legte dann das Buch weg und löschte das Licht der Stehlampe, sodass er ganz im

Dunkeln saß und nachdenken konnte. Der Baum. Das Parfüm. Der Mann. Li. Mrs Willard. Die drei falschen Detektive. Das Rätsel. Das Geld. Wie hing das alles zusammen? Schade, dass er nicht über das Superhirn von Justus verfügte ...

Peter wusste nicht genau, wie lange er so gedankenversunken dagesessen hatte, als er von einem Geräusch abgelenkt wurde. Jemand hantierte an der Eingangstür der Hütte herum!

Justus und Bob konnten es nicht sein, sie hätten sich bemerkbar gemacht. Es klang, als würde die Person mit einem Dietrich im Schloss herumstochern. Ein Geräusch, das Peter nur allzu bekannt war. Langsam hob er sein Bein vom Tisch. Der Schmerz, der sofort stärker wurde, machte ihm bewusst, dass er nicht kampffähig war.

Ein Klack. Jetzt hatte es der andere geschafft. Peter hörte das leise Knarren der Tür, als sie aufgedrückt wurde. Ein kühler Luftzug ging durch die Räume. Peter hielt den Atem an. Der Eindringling betrat den Nebenraum. Er machte kein Licht. Nur der Schein einer Taschenlampe huschte über die Wände. Wie in Zeitlupe richtete sich Peter auf. Er spannte die Muskeln an. Es würde nicht lange dauern, bis die Person ihn entdeckte. Noch war Peter im Vorteil. Offenbar ahnte der Eindringling nicht, dass er nicht alleine war.

Der Zweite Detektiv hörte, wie der andere im Nebenraum Schubladen aufzog und dann an den Wänden herumklopfte. Er wagte sich einen Schritt nach vorne. Da trat die andere Person urplötzlich in die Verbindungstür. Peter starrte in das grelle Licht der Taschenlampe. Über der Lichtquelle zeichnete sich ein dunkler Schatten ab. Der Zweite Detektiv konnte nicht erkennen, wer es war.

Der Geist erscheint

Während Peter Richtung Gartenhaus gehumpelt war, hatten sich Justus und Bob auf den Weg zum Wohnhaus gemacht. Immer noch strahlte das Licht über die Mauer hinweg. Doch was es beleuchtete, konnten die Jungen aus ihrer Perspektive nicht sehen. Wenig später erreichten sie die Mauer, die das Grundstück begrenzte.

Auf einmal erlosch das seltsame Licht.

»Justus? Weißt du, was das war?«, rief eine Frauenstimme, die Mrs Willard gehören musste.

Justus zuckte zusammen, doch im selben Moment war ihm klar, dass er ja gar nicht gemeint war.

»Nein«, hörten sie Lukes Stimme. »Das Licht kam von außerhalb!«

»So schlau sind wir auch schon«, flüsterte Bob. »Da kann doch nur Baxter dahinterstecken! Sein Gelände ist gesichert wie eine Kaserne. Von einem der Masten aus kann man problemlos hier reinleuchten.«

Nun hatten sie die Stelle an der Mauer erreicht, über der vorhin das Licht geleuchtet hatte. Sie drehten sich um und blickten zurück auf das Haus. Ein Zimmer mit einem breiten bodentiefen Fenster im Erdgeschoss war erleuchtet. Doch ein glatter Stoffvorhang verdeckte ihnen die Sicht ins Innere. Peter hatte davon erzählt: Es musste der Raum sein, in dem Mrs Willard übernachtete.

»Dachte ich es mir doch«, sagte Justus. In dem Moment bekam er einen heftigen Stoß von der Seite. Überrascht verlor er

das Gleichgewicht und ging zu Boden. Bob stolperte über ihn und fiel ebenfalls auf den Rasen. Zwei Schatten lösten sich von der Mauer und beugten sich über sie.
»Haben wir euch endlich!«, fauchte eine Stimme.
Mrs Willard rief: »Was ist los, Justus?«
»Wir haben die Typen, die dahinterstecken! Es sind zwei!«
Luke stieß Bob in die Seite.
»Au«, rief der dritte Detektiv, »wir wehren uns doch gar nicht!« Es hatte den Anschein, dass die falschen Detektive längst wussten, wen sie vor sich hatten.
Jetzt leuchtete eine Lampe auf.
»Ach nee! Es sind die Streber«, rief Luke mit gespieltem Erstaunen. »Los, aufstehen!«
»Die drei Jungen aus dem Gästehaus?« Mrs Willard war offenbar auf die Terrasse gerollt und beobachtete alles.
»Ja, zwei von den Kerlen!«
Justus und Bob wurden auf das Haus zu gestoßen, bei dem nun das Terrassenlicht eingeschaltet war.
»Ihr?«, rief Mrs Willard. »Was habt ihr denn hier verloren? Ich dachte, ihr beobachtet den Canyon!«
Justus versuchte, sich einigermaßen zu beherrschen. »Das taten wir auch. Dabei haben wir das Licht hier oben entdeckt und waren neugierig, was dahintersteckt.«
»Ihr seid ein bisschen zu neugierig«, warf Luke ein. »Neugierig zu sein ist aber *unser* Job!«
»Sie haben uns doch von dem Geist berichtet«, redete Justus weiter. »Er erscheint, wenn Sie schlafen gehen. Zur Abendzeit, wie jetzt. Uns kam die Idee, dass alles mit dem Licht zusammenhängt. Es liegt die Vermutung nahe, dass jemand Sie täuscht!«

»Was meint ihr damit?«, rief Alice Willard. »Womit werde ich getäuscht?«
»Mit der Geistererscheinung«, antwortete Justus. »Und ich habe dazu auch eine Theorie. Es wurde ein Bild von Mr Nguyen mit einem Beamer auf die Stoffwand vor Ihrem Schlafzimmerfenster geworfen.«
»Aha! Das ist eindeutig Täterwissen!«, rief Luke erfreut.
»Nein, das ist Beobachtungskunst, kombiniert mit scharfem Nachdenken«, warf Bob ein.
»Und wer sollte das tun?«, ging Mrs Willard dazwischen.
»Auch dazu habe ich eine Theorie«, sagte Justus.
Luke lachte dreckig. »Theorie … Theorie … Wie redest du überhaupt? Ich halte mich lieber an Fakten. Und die lauten: Wir haben euch auf frischer Tat ertappt!«
Mrs Willard ließ sich nicht ablenken. »Jonathan, was du andeutest, gefällt mir nicht. Sage mir bitte, wer das veranstaltet haben soll und aus welchem Grund.«
»Das sind sehr gute Fragen, Mrs Willard«, sagte Justus und fügte hinterlistig hinzu: »Aber ich lasse gerne den von Ihnen engagierten Detektiven den Vortritt. Falls nichts Konstruktives dabei herauskommt, biete ich an, Ihnen in Ruhe meine eigenen Gedanken zu erläutern.«
»Dann bitte!«, sagte Mrs Willard und wandte sich an Luke.
»Die Streber waren es!«, sagte der.
»Und warum?«
»Weil … wir sie auf frischer Tat erwischt haben!«
»Gibt es irgendwelche Beweise?«, fragte Justus.
»Das Licht hat aufgehört, als wir euch Typen entdeckt haben!«, fuhr Luke triumphierend fort.

»Schon besser«, sagte Justus und fügte ruhig hinzu: »Das hat es in der Tat, aber aus einem anderen Grund. Der Täter hat mitbekommen, dass hier Leute unterwegs sind, und hat die Anlage ausgeschaltet.«

»Eine dumme Ausrede!«, rief Luke empört.

Mrs Willard ging nicht darauf ein. »Dann jetzt du, Jonathan. Wer steckt deiner Meinung nach dahinter?«

»Können wir das bitte in Ruhe besprechen?«, fragte Justus leise. »Sie, Micky, ich – nur wir drei?«

»Darauf werden Sie sich doch hoffentlich nicht einlassen, Mrs Willard!«, rief Luke.

Die junge Frau sah ihn an. Dann blickte sie zu Justus. »Doch«, sagte sie ruhig.

»Ich fasse es nicht!«, entfuhr es Luke.

»Ihr beiden Fragezeichen geht bitte wieder nach oben. In wenigen Augenblicken kommt Li vorbei und wir möchten Ergebnisse sehen! Wo ist eigentlich Peter?«

»Unterwegs.« Luke und sein Freund wichen keinen Zentimeter von der Stelle.

»Habt ihr nicht verstanden? Ich kann euch den Auftrag auch entziehen!«

»Wie Sie wünschen, Mrs Willard«, presste Luke hervor. Betont langsam verschwand er mit seinem Kollegen im Haus, nicht ohne Justus und Bob noch einen skeptischen Blick zuzuwerfen.

Justus wandte sich an Mrs Willard. »Bitte tun Sie so, als seien Sie müde und wollten ins Bett«, sagte er.

Die Frau sah Justus fragend an, dann wischte sie sich über die Stirn und zeigte ins Haus.

Justus trat auf die Terrasse und schob Mrs Willard nach drinnen und in den Schlafraum. Er postierte den Rollstuhl neben dem Bett und löschte dann das Licht. »Bob, schalte bitte kurz im Flur und dann vor der Haustür die Beleuchtung an und aus, damit es so aussieht, als seien wir gegangen.«

»Warum soll er das tun?«, fragte Mrs Willard.

»Mit etwas Glück sehen wir gleich den Beweis für meine Theorie«, sagte Justus. »Dazu ist es notwendig, dass Sie zum Schein schlafen gehen. Aber in der Zwischenzeit habe ich noch ein paar Fragen. Warum waren Sie eben auf der Terrasse, als dieser Lichtstrahl erschien?«

»Ich hatte mein Buch draußen vergessen, sah das Licht und habe die Jungen gerufen.«

»So etwas habe ich mir schon gedacht«, sagte Justus. »Und dann zum Wesentlichen: Sie suchen verstecktes Geld, habe ich das richtig verstanden?«

»Ja, als Grabbeigabe, so steht es in dem Rätsel«, sagte Mrs Willard.

»Wir haben das Blatt … kurz zu Gesicht bekommen. Da stand nichts von einem Geldbetrag.«

»Eric schrieb es im Begleitbrief. Beides lag zwischen anderen Unterlagen auf seinem Schreibtisch. Li hat alles gefunden. Das Geld hat er irgendwo versteckt. Ich weiß nicht warum, vielleicht war es illegal erworben. Jedenfalls dachte Eric, ich könnte das Rätsel lösen.«

Justus nickte. Das wusste er schon, Peter hatte es belauscht.

Bob kam von draußen zurück und Mrs Willard fuhr fort: »Aber ich kam mit dem Rätsel nicht weiter. Li kannte zwei Jungs, die schon mal als Detektive gearbeitet haben. Sie schlug vor, die beiden um Hilfe zu bitten.« Sie machte eine Pause und lächelte.

»Aber die Dame aus dem Baumarkt, ich nehme an, eine Freundin von Ihnen, empfahl Ihnen aufgrund eines Zeitungsartikels stattdessen die drei ???«, nahm Bob das Gespräch auf.

»Genau, wie ihr schon wisst«, sagte Mrs Willard. »Und dann kamen sie auch, die drei Jungen, und fingen an zu suchen und zu rätseln.« Sie hüstelte. »Ich möchte …«

»Achtung!«, zischte Bob. Draußen war ein Licht aufgeflammt. Am glatten Stoffvorhang bildete sich der Widerschein ab. Unwillkürlich fasste Mrs Willard Bobs Unterarm. »Da ist er«, flüsterte sie. »Eric!«

Gebannt starrten die drei auf das Schauspiel, das sich ihnen bot. Ein Mann war zu sehen, von schräg oben. Die Umgebung war undeutlich. Er tat ein paar Schritte auf den Betrachter zu und drohte mit der Faust. Das Bild zerfiel. Es war wieder dunkel.

Nur in Justus' Hand leuchtete etwas. Es war das Display seines Handys, das er eingeschaltet hatte. »Ist die Erscheinung immer so kurz?«, fragte er.

»Manchmal auch länger. Aber diese Szene wiederholt sich oft.«

Justus starrte auf das Video, das er eben aufgenommen hatte. »Ein gefilmter Geist«, sagte er. »Auf dem Grundstück gegenüber stehen hohe Pfosten mit Kameras und …«

»Du sprichst von Mr Baxter?«, rief Mrs Willard aus. »Du denkst, dass er dahintersteckt?«

»Ich bin mir fast sicher«, sagte Justus und hielt Mrs Willard das Display hin. »Als Ihr Onkel noch lebte, hat ihn Mr Baxter routinemäßig mit seinen Überwachungskameras aufgenommen. Nun hat er das Material für seinen Zweck zusammengeschnitten. Sehen Sie hier.« Er zog ein Standbild des Videos größer. »Sehr unscharf. Aber das muss sein Hund sein. Dicky hat Ihren Onkel angebellt und Eric hat mit der Faust gedroht. Nicht Sie sind mit der Geste gemeint, Mrs Willard!«

»Aber warum sollte Mr Baxter das tun?«

Justus antwortete mit einer Gegenfrage. »Hat er sich für Ihr Grundstück interessiert?«

»Ja. Woher weißt du das? Ihn hat schon immer gestört, dass mein Onkel den besten Platz in der Straße erwischt hat. Den mit der Aussicht auf das Meer. Eric hat es mal erwähnt.«

»Und nun versucht er, Sie zu vertreiben. Damit Sie erst gar nicht auf die Idee kommen, hierzubleiben. Vermutlich sollen Sie ihm das Grundstück für möglichst wenig Geld verkaufen.«

»Das erklärt einiges«, sagte Mrs Willard langsam. »Baxter hat mir eine Horrorgeschichte nach der anderen erzählt. Von Stromausfällen und Einbrüchen und schlechter Nachbarschaft. Na, dem werde ich aber die Meinung geigen!«

»Sehen Sie, es gibt keine Geister!«

»Oh doch, Jonathan. Baxters Projektionen mögen Tricks sein, aber unsere toten Verwandten begleiten uns wirklich. Nicht nur abends.«

»Das will ich nicht bestreiten«, sagte Justus, »aber das spielt sich nur in Ihrer Fantasie ab.«

»Für mich ist es real«, sagte Mrs Willard.

Justus wollte nicht darüber diskutieren. Er ging zur Tür, um das Licht wieder einzuschalten. »Ich habe Mr Baxter übrigens auch im Verdacht, wegen der Schnabeltiere einen Journalisten angerufen zu haben«, ergänzte er. »Der streunte vor Ihrem Haus herum und wir haben ihn wieder weggeschickt. Je mehr Unruhe hier herrscht, desto unwohler werden Sie sich fühlen, spekuliert er offensichtlich.«

»Womit er sich täuscht«, sagte Mrs Willard. »Über die Tiere würde ich mich sehr freuen.«

Bob nickte. »Vielleicht ist es an der Zeit, Ihnen etwas zu beichten.«

»Ja, das denke ich auch«, sagte Justus. »Mrs Willard, ich hoffe, Sie glauben uns und nehmen es uns nicht übel. Es geschah auch in Ihrem Sinne. Wir müssen Ihnen leider einen bestimmten Sachverhalt gestehen. Wir sind keine Naturforscher und suchen auch nicht nach Schnabeltieren.«

Mrs Willard lachte. »Ich weiß. *Ihr* seid die drei ???!«

Kampf im Dunkeln

Peter starrte die Person an, deren Umrisse sich im Durchgang zur kleinen Küche abzeichneten. »Wer bist du?«, fragte er mutig. »Und was suchst du hier?«
»Das geht dich gar nichts an!«
Peter erkannte die Stimme. Der vietnamesische Junge. Mit einer schnellen Bewegung legte der jetzt die große Taschenlampe auf den Fußboden und nahm seine Kampfstellung ein.
»Bitte«, sagte der Zweite Detektiv, »können wir nicht miteinander reden?«
Doch da kam der falsche Peter schon angesprungen.
Auch der richtige Peter war ein geschickter Kämpfer, aber er hatte ein Handicap: sein Bein! Er ließ den Gegner nah an sich herankommen, hoch konzentriert. Da kam der Schlag. Damit hatte Peter gerechnet und er ließ den Angriff mit einer genau gesetzten Ausweichbewegung ins Leere gleiten. Sofort folgte ein zweiter Schlag, unter dem sich Peter wieder wegducken konnte. Dann traf ihn ein Fuß schmerzhaft in die Bauchgegend. Kein Zweifel, der Kerl verstand sein Handwerk. Einen weiteren Schlag wehrte Peter ab, dadurch kam sein Gegner ins Stolpern. Der Zweite Detektiv nutzte den Moment und ging in die Offensive. Mit seinem gesunden Fuß landete er einen Volltreffer auf die Hüfte. Doch das verletzte Bein hielt dem Druck nicht Stand und Peter verlor die Balance. Schon war sein Gegner wieder da. Peter gelang es, ihn zu umklammern, aber nur kurz, denn mit einem Drehwurf hob ihn der andere auf den Couchtisch, der krachend unter ihm zusammenbrach.

Etwas rollte ihm entgegen und er bekam die Theaterfigur in die Hände, den hölzernen Mr Nguyen. Wie eine Waffe hielt er sie vor sich.
Sein Gegner hielt plötzlich seine Taschenlampe in den Händen. Langsam gingen sie aufeinander zu.
Der falsche Peter schlug zuerst zu und erwischte den Kopf von Peters Figur. Der brach ab, flog quer durch das Zimmer und rollte vor dem Fenster aus. Peter täuschte einen Schlag in die Bauchgegend an und nutzte die Abwehrreaktion seines Gegners, um diesen zu umklammern. Ineinander verkeilt glitten sie zu Boden. Keiner der beiden konnte sich auch nur ein Stück bewegen.
Peters verletztes Bein tat höllisch weh. Alle Energie entwich aus ihm wie aus einer Welle, die im Sand ausläuft. »Unentschieden«, hechelte er. »Okay?«
»Du bist echt ein zäher Brocken!«, stieß der falsche Peter mühsam aus. Er lockerte seinen Griff.
»Kann ich nur zurückgeben!«
Sie ließen voneinander ab und lehnten sich schwer atmend an die Wand.
»Warum hast du dich auf mich gestürzt?«, fragte Peter.
»Ich habe nicht mit dir gerechnet. Angriff ist die beste Verteidigung!« Der andere legte den Finger an die Lippen und deutete nach oben.
»Die Abhörwanze?«, fragte Peter und fügte scheinbar ahnungslos hinzu: »Ihr habt die angebracht? Keine Sorge, die ist … runtergefallen, als wir mit einem Stativ gegen die Lampe gestoßen sind.«
»Bob war das. Justus hatte die Idee«, sagte der falsche Peter.

»Ich habe gar nichts gegen euch. Aber er hat uns befohlen, dass wir euch hier rausekeln sollen.«

»Tust du immer, was er dir befiehlt?«

»Er ist der Boss. Und du? Du hast doch auch einen, der immer weiß, wo es langgeht.«

»Manchmal widerspreche ich … Jonathan auch.« Peter lachte. Dann schwiegen sie.

»Justus meint, dass ihr spießige Strebertypen seid«, sagte der falsche Peter schließlich, aber er lächelte dabei. »Có học phải có hành – Ohne Praxis ist auch Bildung nutzlos.«

»Vielleicht sind wir nicht immer interessiert an den Dingen, die man normalerweise so mag. Sport, Mädchen und so. Aber wir sind längst nicht so schlimm, wie es aussieht!«

»Zum Glück. Eigentlich finde ich dich nämlich okay.«

Peter meinte, sich verhört zu haben. »Warum?«

»Du hast dich bei mir entschuldigt.«

»Wann?«

»Als wir uns das erste Mal begegnet sind und du mich angestarrt hast, nur weil ich asiatisch aussehe.«

»Das war nicht der Grund, warum ich dich so angesehen habe.«

»Ja, das hast du gesagt.« Er schwieg einen Moment. »Warum hast du hier im Dunkeln gesessen? War das eine Falle?«

Peter schüttelte den Kopf. »Ich musste nachdenken.«

»Über die Schnabeltiere?«

»Nein, über euch. Und Li. Und den Mann mit der komischen Frisur.«

Es entstand eine Pause. »Ihr seid keine Biologieschüler, oder?«, fragte der vietnamesische Junge vorsichtig.

»Na ja«, sagte Peter. Er zögerte. Sollte er ein wenig aus der Deckung gehen? Vielleicht würde der falsche Peter dann ebenfalls mehr erzählen. Auch der Zweite Detektiv gestand sich ein, dass ihm der andere nicht unsympathisch war. »Wir sind so etwas wie Junior-Ermittler«, sagte er ruhig.

»Was? Wie Detektive? Echt?«

»Ja, das seid ihr doch auch.«

»Klar«, sagte der falsche Peter schnell. »Natürlich. Wir sind die drei ???. Willst du unsere Karte sehen?«

»Liebend gerne.«

Der Junge kramte in seiner Hose und gab Peter ein kleines Kartonstück.

Der Zweite Detektiv las:

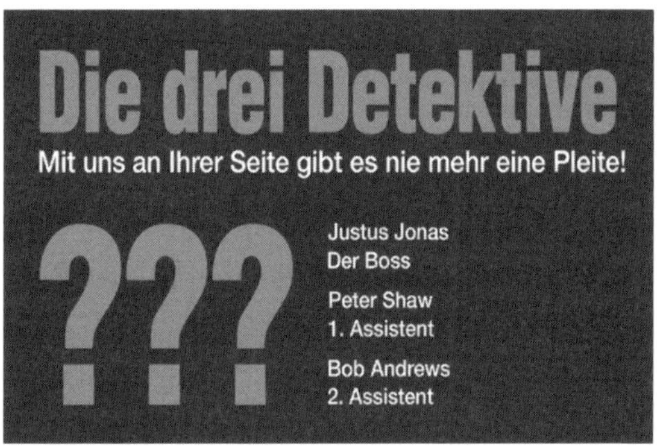

»Nett«, sagte Peter und gab dem »1. Assistenten« die Karte wieder zurück. »Wer hat den Slogan getextet?«

»Justus«, sagte der Junge. »Er ist sehr stolz darauf. Und warum seid ihr hier? Also gar nicht nur wegen der Tiere?«

»Wir ... Der Nachbar, Mr Baxter, hat uns von diesen Geistererscheinungen erzählt«, versuchte es Peter mit einem Ansatz von Wahrheit. »Wir gehen dem auf den Grund. Sollen wir nicht zusammenarbeiten? Ich meine, wir alle?«

»Wobei?«

»Beim Lösen des Rätsels zum Beispiel. Darin sind wir nämlich sehr gut.«

»Das Rätsel!« Der falsche Peter lachte. »Habt *ihr* uns etwa das Blatt geklaut?«

»Ja«, gab der Zweite Detektiv zu.

»Na, dann viel Spaß damit! Daran habt ihr euch doch sicher die Zähne ausgebissen.«

»Ein wenig schon«, sagte Peter vorsichtig, »warum?«

»Weil es einfach nur Quatsch ist!«

Peter musste schlucken. *Wie? Quatsch?*

»Es ist frei erfundener Kram ohne jeden Zusammenhang und ohne jede Bedeutung«, ergänzte der falsche Peter.

Der Zweite Detektiv schwieg, aber in seinem Kopf ratterte es. Dann war seine so einfallsreiche Rätselarbeit völlig umsonst gewesen? »Du meinst, das Rätsel ist nicht echt?«, fragte er nach.

»Nein. Ist nur Blabla. Reine Ablenkung. Damit uns Mrs Willard als Detektive engagiert. Muốn ăn cá phải thả câu. Du musst angeln, wenn du Fische essen möchtest!«

»Ihr habt also ... einfach bloß aus dem Buch abgeschrieben, das in Erics Schlafzimmer liegt? Nur, um irgendeinen Text zu haben?«

Der andere fixierte den richtigen Peter. »Respekt!«, sagte er. »Wie hast du das herausbekommen? Eigentlich gehört Li das Buch, aber wir haben es dagelassen. Notfalls sieht es so aus, als hätte Eric den Roman als Vorlage genutzt.«

»Und wer hat die hübschen Zeichnungen reingesetzt?«, fragte Peter weiter. »Justus?«
»Bob«, sagte der falsche Peter. »Der zeichnet gerne. Und die Sprichwörter sind von mir – wie du dir denken kannst.«
Der Junge holte Luft und krabbelte wieder auf die Füße. »Aber nun sollte ich weitersuchen. Zusammen oder alleine, egal!«
Peter dachte an das, was er gerade in dem Buch über die Bäume gelesen hatte. »Sucht ihr eigentlich wirklich nach Geld?«
»Nein«, sagte der falsche Peter. »Aber ich kann dir nicht verraten, was ›die Beute‹ ist.«
»Brauchst du auch nicht. Ihr sucht etwas von einem Baum! Und zwar *eine Menge Holz*!«
Der Junge zuckte kurz zusammen. »Wie kommst du darauf?«
Peter wollte nicht erzählen, dass Bob das Gespräch mit Haubentaucher im Café belauscht hatte. Aber nun war ihm klar, dass er auf der richtigen Spur war. »Vorhin habe ich aus einem Buch vorgelesen, in dem es unter anderem um etwas sehr Spezielles geht: das wertvollste Holz, das es gibt – Adlerholz!«
»Adlerholz …« Der falsche Peter sah Peter an. »Aber wieso denkst du …? Ja, doch, es stimmt! Ein seltenes Holz von einem Baum, der nur in Asien wächst.« Er dachte einen Moment nach. »Okay, Stan. Bitte tu mir einen Gefallen. Hilf mir oder schweige. Denn ich habe ein Problem.«
Peter ahnte, was der Junge meinte. Der Mann mit dem Cabrio hatte Druck auf ihn ausgeübt. Das hatte Bob erzählt. Peter wagte einen Schuss ins Blaue. »Ich weiß«, sagte er. »Der Kerl mit der lustigen Frisur.«
»Hey?«, rief der falsche Peter. »Was weißt du von dem Typen?«

»Dass er Franzose ist, zum Beispiel.«
»Knapp daneben. Belgier!«
»Wie auch immer. Er hat irgendwas gegen dich in der Hand, oder? Wir haben euch beide zufällig in der Stadt gesehen!«
»Du redest zu viel, Stan! Aber du hast eben etwas von Zusammenarbeit gesagt. Also gut. Vorhin habe ich eine Notiz in Mr Nguyens Büro gefunden. Aus ihr geht hervor, dass es in der Küche des Gästehauses einen geheimen Keller gibt. Wir haben das ganze Wohnhaus abgesucht und nichts gefunden, also muss das Adlerholz in diesem Keller sein! Wo ist der? Wie kommt man rein? Ich muss das Zeug finden und ich habe nicht ewig Zeit!«
»Warum bist du allein hier?«
»Warum, warum, warum …« Unwirsch lief der vietnamesische Junge in den Nebenraum und auch Peter rappelte sich hoch. Sein Blick fiel auf den Kopf der Holzpuppe, der abgetrennt vom Körper auf dem Boden vor dem Fenster lag und ihn vorwurfsvoll anzustarren schien. Der Zweite Detektiv humpelte hin und hob ihn auf. Er war innen hohl. Hohl? War etwas darin? Nein. Aber vielleicht war es beim Flug durchs Zimmer rausgefallen! Peter suchte den Boden ab. Tatsächlich! Da lag ein kleiner Schlüssel neben einem Stofftuch, in das er wohl eingewickelt gewesen war! Kurz überlegte Peter, ob er ihn einstecken und später verwenden sollte.
Doch der vietnamesische Junge stand im Durchgang und hatte alles beobachtet. »Was ist das?«
»Ein Schlüssel.«
»Das sehe ich auch. War der in der Figur?«
Peter nickte.

»Dann habt doch ihr Mr Nguyen geklaut! Mrs Willard hatte schon uns im Verdacht. Und ich den Belgier.«
»Ein Schlüssel in der Figur«, sagte Peter nachdenklich. »Das muss die Lösung sein! Wir finden das Versteck zusammen. Dann sehen wir weiter.«
»Aber wo ist das Schloss, in das der Schlüssel passt? In der Tür zum Keller?«
»Um klar zu sehen, genügt oft ein Wechsel der Blickrichtung«, wusste Peter von Justus und humpelte in den Nebenraum. Er sah sich um. Keine der Küchenschubladen besaß ein Schloss. Sein Blick fiel auf das Plastikschild mit der Beschriftung *Jalousie*, das neben der Eingangstür angebracht war. »Natürlich ...« Justus hatte es beiläufig erwähnt. Eine sinnlose Vorrichtung, weil es in dem Haus gar keine elektrischen Rollos gab! Aber dort konnte man einen Schlüssel einstecken!
Peter probierte es aus. Der Schlüssel passte! Direkt unter dem falschen Peter klackte etwas im Boden, doch nichts weiter geschah.
»Wow!«, sagte der Junge und machte einen Schritt zur Seite. So entlastet, federten im selben Moment drei Holzbretter hoch und gaben einen Eingang nach unten frei.
Sie hatten das Versteck gefunden!

Das Versteck

»Ja, ihr seid die drei ???«, wiederholte Alice Willard. »Das stimmt doch, oder?«
»Das wollten wir Ihnen gerade gestehen«, sagte Justus und Bob fügte hinzu: »Woher wissen Sie das?«
»Ein seltsames Gefühl hatte ich schon länger. Diese Geschichte mit den Schnabeltieren ... Dann habe ich heute Nachmittag mit meiner Freundin aus dem Baumarkt telefoniert. Sie hat mir erzählt, dass Bob von den drei ??? bei ihr im Laden war und ein Metallsuchgerät gekauft hat. Und wenig später sei ein Junge aufgetaucht, der genau diesem Bob etwas zurückbringen wollte. Ein Fingerabdruckset aus einem alten Fall. Sie wollte von mir wissen, ob der da war. Aber statt des Jungen wart ihr drei Biologieschüler bei mir aufgetaucht. Das brachte mich zum Nachdenken. Fantasie habe ich ja ... Ich habe ein Standbild der Kamera am Eingang an die Polizei in Rocky Beach gemailt. Ein Inspektor Cotta hat geantwortet. Sinngemäß sagte er, sie mögen zwar ein wenig seltsam verkleidet sein, aber das seien eindeutig die drei ???. Ich könne ihnen vertrauen!«
»Sie sind ja gerissener ...«, fing Justus an.
»... als du gedacht hast, oder? Weil ich die Geister der Verstorbenen für real halte. Ist man deswegen einfältig?«
»Nein, natürlich nicht, aber ...«
»Es ist ein Teil unserer alten Kultur«, sagte Mrs Willard bestimmt. Sie wechselte das Thema. »Warum habt ihr nicht gleich klargestellt, wer ihr seid, und euch stattdessen hier ›eingeschleust‹?«

»Wir wollten wissen, warum sich drei Jungen, die wir noch nie gesehen haben, für uns ausgeben. Als ›Die drei ???‹ «, sagte Justus. »Dabei mussten wir zunächst mit allem rechnen, also haben wir uns getarnt. Und jetzt wollen wir Ihnen helfen. Sie sind drei Hochstaplern in die Falle getappt, Mrs Willard. Und mir scheint, dass auch Li etwas im Schilde führt. Vermutlich möchte sie selbst an das versteckte Geld. Warum sollte sie Ihnen sonst die falschen Detektive unterschieben?«

»Li war das? Und wie soll sie das angestellt haben?«

»Der Brief«, sagte Justus. »Li hat ihn abgefangen und statt uns ihre drei Jungs bei Ihnen anrufen lassen.«

Bob nickte. »Und als Mr Baxter seine Geistershow gestartet hat, hat sie sie einfach in ihre Geschichte eingepasst.«

»Das ist ja unglaublich«, sagte Mrs Willard. Man sah ihr an, dass sie das erst einmal verkraften musste. »Li kommt gleich. Ich werde sie sofort zur Rede stellen!«

Justus hob beide Hände. »Darf ich Sie bitten, noch ein wenig damit zu warten?«

»Warum?«

»Wir würden gerne die Hintergründe aufdecken. Zumal ab und zu auch noch ein Mann auf Ihrem Grundstück herumschleicht.«

»Wie bitte?«

»Ich dachte mir, dass Sie noch nichts von seiner Existenz wissen«, sagte Justus. »Dürfen wir für Sie ermitteln? Dann halte ich es für möglich, dass wir Ihnen vielleicht noch heute Nacht präsentieren können, was hier vor sich geht. Schließlich sind wir die echten drei ???!« Justus zückte eine Visitenkarte und reichte sie Mrs Willard.

Sie las:

»Also gut«, sagte die junge Frau. »Ihr seid engagiert. Und heute Abend spiele ich nach euren Vorgaben mit.«
In dem Moment klingelte es. Eilig kam jemand die Treppe herunter. Mrs Willard rollte auf den Flur, Justus und Bob folgten. Es war der falsche Bob, der gerade die Tür öffnete.
Draußen stand Li. Der sichtbar aufgeregte Junge warf den dreien hinter sich einen irritierten Blick zu. Dann wandte er sich wieder nach vorn und flüsterte Li leise zu: »Lu... Justus ist verschwunden! Peter auch!« Nicht leise genug. Justus, Bob und ihre neue Auftraggeberin hatten alles verstanden.
Li winkte Mrs Willard freundlich zu und zog den falschen Bob nach draußen. »Wir müssen noch etwas überprüfen, Alice«, rief sie, »keine Sorge, wir sind gleich wieder zurück!«
»Was soll das denn?«, fragte Mrs Willard, als die beiden gegangen waren.
»Bob und ich werden sie verfolgen«, sagte Justus. »Dann wissen wir es.«

Die Falltür im Boden stand offen. Neugierig trat Peter neben den anderen Jungen, der überrascht in die Tiefe starrte. Ein schwaches Licht dämmerte ihnen entgegen. Offenbar hatte es sich beim Öffnen automatisch eingeschaltet. Der falsche Peter schwang sich auf die Leiter und kletterte hinunter. Der Zweite Detektiv folgte. Unter dem Gästehaus befand sich ein vielleicht drei mal vier Meter großer Raum. In einer Ecke türmte sich ein großer Haufen lose aufeinandergeworfenes Brennholz. Daneben stand ein leerer Wäschekorb. Sonst gab es außer einem muffigen Geruch hier unten nichts.
Der falsche Peter nahm ein Holzscheit, roch an ihm und warf es enttäuscht zurück auf den Haufen.
»Ist das kein Adlerholz?«, fragte Peter.
Der andere schüttelte den Kopf. »Stinknormale Holzscheite, würde ich sagen. Wie man sie für einen Kamin verwendet.«
»Mr Baxter hat Mr Nguyen ab und zu Brennholz verkauft«, erinnerte sich Peter. Auch er griff sich ein Stück und roch daran. »Trotzdem, hier liegt doch ein süßlicher Duft im Raum!«
Die Peters sahen sich an und begannen, Holzscheit für Holzscheit vom Stapel zu nehmen. Bis der Zweite Detektiv schließlich ein Stück in den Händen hielt, das anders aussah, schwärzer, und das vor allem ... duftete. »Genial«, sagte er, »Mr Nguyen hat das Adlerholz einfach unter das Brennholz gemischt!«
»Wenn er sich beim Anzünden des Kamins vertan hätte, hätte er eine Menge Geld verbrannt«, sagte der falsche Peter. »Hunderttausend Dollar kann solch ein Holzstück nämlich wert sein. Vielmehr das Harz, das in ihm steckt. Denn nur unter ganz besonderen Umständen entwickelt sich in dem Holz

ein Pilz, der dieses Harz entstehen lässt. Das dauert Jahre. Wie und wo es sich bildet, ist ein großes Geheimnis! Wer solch einen Ort kennt, wird ihn niemandem verraten.«

Oben knackste etwas. Hoffentlich waren es nur die verzogenen Holzdielen.

»Komm jetzt«, sagte der falsche Peter schnell, »lass es uns in den Korb packen, damit Li es nicht in die Hände bekommt.«

»Li? Aber die hat euch doch beauftragt!«

»Ja, eigentlich.«

Wieder knarrte etwas. Der falsche Peter legte das Holz in den Wäschekorb und sie forschten nach weiteren Stücken.

Insgesamt fanden sie fünf. Fünf schwere, harzgetränkte Klötze. Die Jungen wogen sie in den Händen, rochen daran und stapelten sie im Wäschekorb.

»Ich trage ihn hoch«, sagte der falsche Peter und hob den Korb an.

»Ach nee. Und dann klappst du die Tür zu und ich sitze in der Falle?«

»Komm schon, Stan! Ich habe dir von dem Versteck erzählt!«

Der Zweite Detektiv schüttelte den Kopf. »Und ich habe dir den Schlüssel gegeben. Ich nehme den Korb!«

»So wird das nichts mit uns! Ich verspreche dir, dich nicht einzusperren, wenn du mich danach verschwinden lässt!«

»Ich weiß nicht, ob ich dir das zusagen kann«, sagte Peter.

»Das ist halt das Problem!« Ruckartig riss der falsche Peter den Korb hoch, hob ihn sich über den Kopf und kletterte behände die Leiter hoch.

Peter folgte dicht hinter ihm. Mit Schwung schob der vietnamesische Junge den Korb durch die Öffnung auf den Fußbo-

den der Küche und wollte sich dann selbst aus dem Keller ziehen. Doch er kam nicht mehr dazu. Ein heftiger Schlag ließ ihn das Gleichgewicht verlieren und nach unten stürzen. Peter entgegen, dem die Situation irgendwie bekannt vorkam. Gleichzeitig zur unsanften Landung der beiden Jungen wurde oben die Klappe zugestoßen.
Das Licht ging aus.
Während sich Peter den schmerzenden Arm rieb, kletterte der falsche Detektiv schon wieder die Leiter hoch und drückte, so fest er konnte, gegen die Falltür. Doch sie blieb verschlossen.

Minhs Geheimnis

»Wo sind die beiden?« Bob griff Justus am Arm. Das Taschenlampenlicht von Li, die sich mit dem falschen Bob rasch von der Haustür entfernt hatte, war plötzlich nicht mehr auszumachen.

»Wir laufen Richtung Teich«, entschied Justus. »Und dann am Wasserfigurentheater vorbei. Falls sich jemand heimlich treffen möchte, dann vielleicht an einem solchen markanten Punkt.«

Es dauerte eine Weile, bis sie den Teich mit den Holzbauten ausmachen konnten. Der Wind hatte nachgelassen, sodass sich die Sterne in der glatten schwarzen Wasseroberfläche spiegelten. Ein Stück entfernt stand der Baum, auf dem Peter erfolglos nach dem Schatz gesucht hatte.

»Da ist doch jemand!«, flüsterte Justus. »Dort hinten am Baum. Hoffentlich bemerkt er uns nicht.« Er lief unwillkürlich etwas schneller.

Bob kniff die Augen zusammen. »Ich sehe niemanden.«

Kurz darauf erreichten sie den Teich und schritten um ihn herum auf einen Felsblock zu, der ein paar Meter vom Ufer entfernt aus dem Gras aufragte. Von dieser Stelle aus hatte man sowohl den Baum als auch die Theateranlage gut im Blick. Justus und Bob wollten sich hinter ihm verstecken, als der Erste Detektiv mit dem Fuß gegen etwas stieß. Es rumpelte leise.

»Eine Art Wäschekorb!« Justus tastete den Inhalt ab und murmelte erstaunt: »Mit Brennholz drin. Scheint jemand hier abgestellt zu haben!«

Er wollte sich schon wieder abwenden, als Bob sagte: »Riecht so Brennholz? Da muss doch jemand Parfüm drübergeschüttet haben!«

Mit schweren Schritten kam der falsche Peter die Leiter wieder herunter.
»Hast du gesehen, wer dich oben überrascht hat?«, fragte der Zweite Detektiv.
»Nein.«
Peter kramte sein Telefon hervor. Zum Glück hatte es den Sturz überlebt. Er machte Licht und prüfte die Verbindung. Doch hier unten im Keller hatte er keinen Empfang. »Schöner Mist! Aber irgendwann wird Justus kommen und uns hier rausholen«, sagte er.
»Justus?«, fragte der falsche Peter.
»Äh, ja«, sagte Peter und wurde rot. Oje, er hatte sich verplappert!
»Der kommt bestimmt nicht«, erwiderte der falsche Peter. »Der nimmt gerade Mrs Willards Haus auseinander. Eher tauchen doch *deine* beiden Freunde auf!«
»Kann sein«, sagte Peter.
Der Junge starrte ihn an. »Sag mal«, sagte er langsam, »das war doch ein Versprecher, oder? Warum solltest ausgerechnet *du* hoffen, dass *Justus* uns hier rausholt?«
»Weil …« Peter fiel auf die Schnelle nichts Einleuchtendes ein.
»Ihr seid zu dritt«, überlegte der falsche Peter. »Und ihr tut nur so, als ob ihr Streber seid. Du hast etwas von Detektiven erzählt … Oh ja, es gibt wirklich einen Grund, euch gegenüber misstrauisch zu sein!«

»Äh«, machte Peter.
»Ihr seid die drei ???, oder?«
Mit zerknirschter Miene nickte Peter. »Blöd«, sagte er. »Ich hätte es früher sagen sollen. Aber so ganz trauen wir uns eben noch nicht über den Weg …«
Der falsche Peter sah ihn an. »Das ist ja voll in die Hose gegangen«, murmelte er. »Totaler Reinfall! Ihr wart also auf *unserer* Spur!«
»Wie heißt du wirklich?«, fragte Peter.
»Minh. Mann, so ein Mist!«
»Und die anderen?«
»Luke ist Justus und Mark Bob. Und wer bist du von den dreien?«
»Peter«, sagte Peter und lächelte. »Wir beide sind die Peters. Ich kann noch ganz zufrieden sein mit dir. Da hat es Justus mit Luke härter getroffen!«
»Es klingt vielleicht seltsam, aber ich komme mir gerade ziemlich reingelegt vor.«
»Na ja, da ging es uns ähnlich«, sagte Peter. »Woher hattet ihr eure Informationen über uns?«
»Li hat uns ein bisschen was gesagt«, erklärte Minh. »Viel über euch wusste sie nicht. Li hatte Mrs Willard eingeredet, dass sie Detektive bräuchte, um das angeblich versteckte Geld von Mr Nguyen zu finden. Dabei dachte sie gleich an uns. Mich kannte sie, Luke sollte ich mitbringen. Doch irgendeine Freundin von Mrs Willard hatte mal etwas von den drei ??? aus Rocky Beach gehört und kam mit einem Zeitungsartikel daher. Also wollte Mrs Willard unbedingt euch haben und hat an diese Zeitung geschrieben! Li konnte den Brief abfangen,

wir haben noch Mark dazugenommen und uns für euch ausgegeben.« Er sah Peter an. »Wie seid ihr darauf aufmerksam geworden?«
»Bob hat zufällig mitbekommen, wie Mark den Metallsucher gekauft und sich mit der Verkäuferin unterhalten hat.«
»Au Mann, wie blöd! Tss.« Minh schüttelte den Kopf. »Und jetzt?«
»Jetzt warten wir auf Justus, aber den echten.«
»Bis dahin sind die feinen Hölzer über alle Berge.«
»Da oben, kann das Li gewesen sein? Oder einer deiner Kollegen?«
Sofort machte Minh eine abwehrende Handbewegung. »Luke nicht, Mark nicht. Wir sind eine Gang.«
»Die du selbst verraten wolltest ... wenn auch unter Druck. Und nun hast du Angst, dass du deine Freunde verlierst?«
»Ja«, sagte er. »Luke ist zwar manchmal ein eingebildeter Idiot, aber er hält hundertprozentig zu mir, obwohl er von hier ist. Weißt du, es ist nicht so einfach für mich, hier zu leben! In Vietnam bin ich *der Amerikaner* und hier immer *der Vietnamese*! Du bist Peter aus Rocky Beach. Vielleicht auch der Sportliche oder der Mutige oder der sonst was, aber ich bin immer erst mal der Typ aus Asien. Ich gehöre nie ganz dazu.«
Peter nickte. »Verstehe. Du weißt bestimmt viel, von dem ich keine Ahnung habe.«
»Was zum Beispiel?«
»Hmm. Was über Geister vielleicht? Mrs Willard hat vom Geist ihres Onkels gesprochen, als sei der lebendig. Ich habe irgendwie Angst davor.«
»Das brauchst du nicht. In unserer Kultur begleiten uns die

Geister von Verstorbenen noch lange weiter. Sie versuchen uns zu beraten und zu beschützen. Sie sind nicht böse.«

»Aber es gibt keine Geister, sagt Justus immer.«

»Wenn wir daran glauben, gibt es sie auch. Für uns. Sie beeinflussen unser Tun. Und das ist wirklich.«

»Es ist alles nur ein Trick, mit dem man sich selbst betrügt, würde Justus sagen.«

»Warum nicht? Wenn der Trick Gutes bewirkt?«

»Hm.«

»Tja, aber wo immer wir auch herkommen, jedenfalls stecken wir beide zusammen in diesem Loch«, sagte Minh.

»Da hast du doch bestimmt auch ein Sprichwort auf Lager?«

»Klar«, erwiderte Minh. »Bầu ơi thương lấy bí cùng, tuy rằng khác giống nhưng chung một giàn.«

»Heißt das: Mit Klugheit und Geduld findet man immer eine Lösung?«

Minh schüttelte den Kopf und lächelte. »So unterschiedlich wir auch sind, so stehen wir doch letztlich zueinander und helfen uns gegenseitig.«

»Um zum Beispiel gemeinsam aus dieser Falle herauszukommen.« Peter stöhnte auf, weil sein Bein schmerzte. »Aber wenn wir hier schon hocken, können wir auch reden. Ich habe noch eine Frage: Li möchte also an das Holz, der Belgier aber auch. Warum?«

Minh wiegte den Kopf. »Ich nehme an, er arbeitet für die Parfümindustrie. Aus dem seltenen Harz werden teure Düfte hergestellt.«

Peter musste an die Fläschchen in Mr Nguyens Schlafzimmer denken. Wahrscheinlich hatte er mit seinen Verbindungen nach Vietnam heimlich das Holz geschmuggelt und es an den Belgier weiterverkauft, der es ihm nicht nur mit viel Geld, sondern auch mit dem einen oder anderen Duftfläschchen vergolten hatte. Aber diesmal war der Holz-Übergabe Eric Nguyens tödlicher Unfall dazwischengekommen.

»Und womit setzt dich der Belgier unter Druck?«

»Wenn ich das Holz nicht für ihn finde, dann wird er ... Nein, das kann ich dir nicht sagen!«

»Warum nicht?«

»Das ist peinlich.«

Peter stöhnte auf. »So geht das nicht. Wie soll ich dir dann glauben? Hast du was geklaut?«

Minh schüttelte den Kopf.

»Jemanden ... verletzt oder ... noch schlimmer?«

»Nein! Nichts dergleichen. Hör bitte auf«, sagte Minh.

»Bist du illegal hier?«

»Ja, vielmehr nein, kompliziert ... Aber das ist es nicht.«

»Hm.« Peter sah Minh an, so gut es in der Dunkelheit ging. Der Junge wand sich.

»Ein Mädchen«, sagte Peter und dachte an das Bild, das Justus vor Lukes Haus gemacht hatte. Das Mädchen, dem Minh nachgeblickt hatte. »Das ist es, oder?«

»Hör auf!«

»Also ja. Vielleicht ... Lukes Schwester?«

»Idiot!« Minh wandte sich ab.

Peter schwieg.

»Ja, ja«, stieß Minh schließlich hervor. »Sarah und ich sind zusammen. Der Belgier hat das mitbekommen. Gestern Abend. Da hat er uns verfolgt und belauscht!«

Gestern Abend. Peter fiel ein, wie der Belgier mit seinem gelben Cabrio plötzlich wie von der Bildfläche verschwunden war, als sie ihn verfolgen wollten.
»Was hat er belauscht?«, fragte Peter.
»Er hat gehört, wie wir über Luke geredet haben. Denn Luke darf das mit ihr und mir auf keinen Fall wissen. Das wäre eine Katastrophe!«
»Weil er dich nicht für den Richtigen hält für seine tolle Schwester?«
Minh holte Luft. »Aber das kann ich jetzt eh alles vergessen! Das Holz ist weg! Sarah bin ich los!«
»Wie kommt der Belgier eigentlich so problemlos auf das Grundstück hier?«
»Erst musste er klettern. Aber dann habe ich ihm eine Codekarte organisiert.«
Peter wusste, dass Mrs Willard eine solche Karte vermisste. Er zog die trockene Kellerluft durch die Nase. So langsam konnten Justus und Bob ruhig mal kommen.

Die Masken fallen

»Was ist das für ein merkwürdiges Geräusch?«, fragte Bob leise. Ein dumpfes, aber kräftiges Klopfen drang vom Gästehaus herüber. »Peter. Das muss Peter sein! Ich gehe zu ihm.«

»Okay, Bob«, flüsterte Justus. Immer noch hielt er eins der seltsamen Hölzer in der Hand und roch daran. »Ich halte hier die Stellung.«

Justus sah Bob nach, wie er in der Nacht verschwand. Dann betrachtete er wieder das Stück Holz. Wieso stand hier plötzlich dieser Wäschekorb? Die Bemerkung von Haubentaucher ging ihm durch den Kopf, die Bob belauscht hatte. *Eine Menge Holz* ... War das gar nicht als Redewendung gemeint gewesen? Justus' Blick fiel auf den Teich. Die Kalenderblätter vom Wasserfigurentheater hatten eine Geschichte erzählt. Mr Nguyen war darin vorgekommen, andere Männer in Booten und immer wieder ein seltsamer Gegenstand, der mit etwas Fantasie durchaus ein Stück Holz darstellen konnte. Ging es vielleicht um Schmuggel? Aber warum Holz? Und wie kam das Holz so plötzlich hierher? Vorsichtig legte Justus das Scheit zurück zu den anderen, hob den Korb an und lief vorsichtig auf eine Bank zu, die vielleicht hundert Schritte entfernt an dem Weg stand, der um den Teich führte. Dort schob er den Korb hinter einen Strauch, bis er nicht mehr zu sehen war.

Leise Stimmen kamen aus der Richtung, in der der einzelne Baum stand. Justus huschte wieder zum Felsen, dem ursprünglichen Fundort des Holzes. Doch er hielt sich ein Stück entfernt, geduckt in einer Bodensenke.

Aus Richtung des Baumes näherte sich jemand. Es waren zwei Personen. Im schwachen Licht des Mondes konnte er die Umrisse gut ausmachen. Der erste war … Haubentaucher! Und direkt hinter ihm ging Luke!
»Hier ist es«, sagte Luke, als sie kurz vor dem Felsen waren.
Haubentaucher blieb stehen und leuchtete mit einer Taschenlampe den Boden ab. »Aber da ist nichts!«, sagte er.
Justus grinste in sich hinein. Da könnt ihr lange suchen …
Hektisch sprang Luke um den Felsen und leuchtete alles ab. »Das kann nicht sein!«, sagte er viel zu laut. »Ich bin mir sicher! Es ist genau der Platz, wo ich es abgestellt habe!«
Auch Haubentaucher ließ nun jede Vorsicht fallen. »Aber da ist NICHTS!«, rief er. »Du willst mich reinlegen, du Mistkerl! Unser Deal ist geplatzt!«
Plötzlich flammte seitlich das Licht einer weiteren Taschenlampe auf. »Drohen Sie dem Jungen, Stéphane?«
Der Mann fuhr herum, zusammen mit Luke stand er mitten im Lichtkegel. Justus konnte nun sehen, dass Haubentaucher etwas in der Hand hielt: ein Bündel Geld!
»Was soll das?« rief Haubentaucher. »Sind Sie das, Li? Sie heißen doch Li?«
»Ja. Ich beobachte Sie und Ihr Treiben schon lange!«
Plötzlich knackste etwas hinter Justus in der Dunkelheit.
»Ist da jemand?«, rief Li argwöhnisch.
Justus drückte sich tiefer in die Mulde. In dem Moment stolperte jemand über ihn. Ein leiser Fluch war zu hören. Sofort wendete Li das Licht in diese Richtung.
Justus erkannte Bob, der sich gerade wieder aufrappelte. Hinter ihm stand Peter.

»Justus? Du?«

»Ja, Zweiter!« So froh Justus war, dass es beiden gut ging, so unpassend war der Moment ihres Erscheinens. Auch er stand auf.

»Ihr?«, rief Li aus. »Welch Überraschung!«

»Der falsche Peter und ich saßen gefangen in einem geheimen Keller in der Hütte«, flüsterte Peter Justus schnell zu. »Wir wollten mit Holzscheiten die Verriegelung aufschlagen! Bob hat uns dann befreit.«

Luke zeigte auf die drei. »Ich wette, die haben es! Klar! Die Krautfrisur steckt dahinter. Die haben den Korb!«

Auch Minh traf jetzt ein und gesellte sich zu Li und Mark.

»Stimmt das? Habt ihr etwa das, was ich suche?«, rief der Belgier.

»Gerne beantworte ich Ihnen diese Frage«, sagte Justus. »Aber vorher möchte ich für Transparenz sorgen. Denn kaum jemand ist hier der, für den er sich ausgibt, inklusive uns dreien. Notgedrungen.« Er machte eine Pause, um dem folgenden Satz mehr Wirkung zu verleihen. »Wir sind keine Schnabeltierjäger – wir sind die echten drei ???!«

Li schnappte nach Luft, während Mark diese Information offenbar bereits von Minh gehört hatte.

Der Erste Detektiv fuhr fort: »Wir mussten zur Kenntnis nehmen, dass jemand unter unserem Namen agiert, und wollten den Grund dafür herausfinden. Wie erwartet entpuppten sich die falschen Detektive als äußerst schales Abbild der echten.«

»Halt die Klappe, Dicker!«, rief Luke dazwischen. »Was weißt du denn schon groß? Ihr lest euch doch von morgens bis abends nur Biobücher vor!«

»Ich kann alles erklären«, ging Peter dazwischen, »den ganzen Fall!«
»Aber das wollte *ich* doch«, sagte Justus erstaunt.
»*Ich* habe das Holz gefunden«, rief Peter. »Zusammen mit Minh!«
»Du?«, rief Justus. »*Ich* habe es gefunden! Eben gerade!«
»Echt? Das Holz ist wieder da? Wir haben es vorhin im Kellerversteck entdeckt, aber dann hat es leider ein Unbekannter an sich genommen. Ich ... Wir ... Ach, egal!« Peter winkte ab.
Justus sah ihn leicht irritiert an. »Vielleicht kommen wir darauf später zurück, Peter ...«
»Zurückkommen möchte ich gerne auf die Wanne mit dem Holz!«, sagte der Belgier drohend.
Justus holte Luft. »Gleich. Vielleicht ist es ja auch für Sie interessant zu wissen, was ich kombiniert habe. Ich wusste: Hier wird irgendetwas gesucht! Ich stellte mir folgende Fragen: Wie kam Eric Nguyen an all sein Geld? Vermutlich durch etwas, das er verdeckt halten wollte. Warum fuhr er hin und wieder nach Long Beach, dem Hafen mit Schiffen aus aller Welt? Und dann: Warum war Eric Nguyen vor ein paar Tagen noch einmal zu Hause, wenn er doch spät dran war und pünktlich bei der Arbeit erscheinen wollte? Vielleicht ja, um etwas Wichtiges zu erledigen oder zu deponieren.« Justus holte Luft. »Und dann der Kalender: Was erzählen seine Bilder? Nun, mit etwas Fantasie eine Art Schmugglergeschichte! Nur, dass sie nicht erdacht ist, wie man annehmen würde, sondern echt! Aber was hat er geschmuggelt? Hier scheint es irgendwie um duftendes Holz zu gehen ...« Justus warf einen fragenden Blick auf Peter.

»Adlerholz!«, sagte der Zweite Detektiv stolz. »So nennt man es! Das Holz für die teuersten Parfüme der Welt! Vermutlich kam es illegal per Schiff aus Vietnam nach Long Beach. Dort hat es Eric persönlich abgeholt, um es an einen Händler weiterzuverkaufen, der die Parfümindustrie bedient: nämlich Sie, Mr …« Er deutete auf den Belgier.
»Stéphane Mertens«, sagte Li kalt. »Der müssen Sie doch wohl sein?«
»Bécasse – du Schnepfe!«, entfuhr es dem Mann.
Bevor Li etwas entgegnen konnte, sagte Peter: »Die letzte Lieferung ging schief. Eric hat das Adlerholz zwar in sein geheimes Versteck gebracht. Doch dann bretterte er zu schnell in sein Restaurant und starb in seinem Auto. Also erhielten Sie keine Lieferung, Mr Mertens! Und blöderweise wussten Sie nicht, wo das Holz versteckt war.«
»Sehr gut!« Justus nickte Peter zu. »Bleibt die Rolle von Li, die mit ihren ›Detektiven‹ oben im Haus engagiert war.« Er sah die schwarzhaarige Frau an. »Sie arbeiten im vietnamesischen Konsulat, nicht wahr?«
»Wow!«, entfuhr es Bob. Li starrte Justus stumm an.
Der ließ sich nicht beirren. »Ich nehme an, Sie waren den Schmugglern schon länger auf der Spur. Da Sie den hiesigen Behörden möglicherweise nicht trauten, nahmen Sie die Aufklärung selbst in die Hand.«
»Das stimmt«, brach Li nun ihr Schweigen. »Ich möchte den ganzen Schmuggler-Kreislauf offenlegen. Und den Beweis gegen Stéphane haben wir ja nun wohl! Aber woher weißt du das alles?«
»Eine fundierte Vermutung, die Sie nun bestätigt haben«,

sagte Justus. »In Ihrem Auto lag eine Mappe mit dem offiziellen vietnamesischen Staatswappen! Sie haben sich bei Mrs Willard eingeschlichen und ihr die drei Detektive untergeschoben. Allerdings nicht, um sich das Holz unter den Nagel zu reißen, sondern um Ihren Fall aufzuklären. Das hat Mr Mertens mitbekommen und sich an die falschen Detektive rangemacht, damit sie das Holz ihm aushändigen, wenn sie es finden. Den falschen Peter hat er erpresst, ich weiß nur noch nicht, womit.«

»Das klären wir später«, warf Peter ein.

»Und Luke hat er mit Geld bestochen«, fuhr Justus fort. »Der war es, der dir den Korb gestohlen hat, Peter!«

Alle Blicke fielen auf den falschen Justus, der mit verbissener Miene dastand.

»Luke«, entfuhr es Minh.

»Das reicht jetzt!«, sagte der Belgier scharf. »Was immer du auch für eine Rolle spielst, Krauthaar, du hast den Korb mit dem Adlerholz weggeschafft! Und das will ich nun haben!« Plötzlich hatte er eine Pistole in der Hand.

»Sie werden nicht weit damit kommen«, sagte Justus ruhig.

»Lass das mal mein Problem sein! Her damit!«

Justus atmete aus und setzte sich schwerfällig in Bewegung. Stéphane Mertens lachte. »Ich habe euch Rotzlöffel belauscht, wie ihr mich *Haubentaucher* genannt habt! Gar nicht so verkehrt: Haubentaucher tauchen auf und unter, wie es ihnen beliebt. Nach mir kann die Polizei lange suchen!« Er zielte jetzt direkt auf den Ersten Detektiv.

Justus blieb nichts anderes übrig, als langsam zu der Bank zu gehen, bei der er den Korb versteckt hatte. Die anderen folgten

ihm, dirigiert von Stéphane, der mit der Pistole in der Hand den Schluss der Reihe bildete.
Kurz vor seinem Ziel zögerte Justus. Jetzt musste ihm dringend etwas einfallen. Sollte er das wertvolle Holz mit einem Schwung in den See werfen? Doch was würde das für eine Reaktion bei Haubentaucher hervorrufen?
»Weiter!«, drängte der.
Justus beugte sich neben den Busch, doch mitten in der Bewegung erstarrte er.
Der Platz war leer!
»Der Korb ist ... weg!«, stammelte der Erste Detektiv.
»Netter Versuch!«, rief der Belgier und schob sich nach vorne. Doch unter dem Busch war wirklich nichts. Man sah nur noch den Abdruck des Korbes im Gras.
Der Mann wandte sich zu Justus. »Ein Trick, oder? Das wird dich teuer zu stehen kommen!«
Schwitzend suchte Justus nach einer Antwort.
»Nein. Kein Trick«, sagte eine Stimme aus dem Dunkeln.
Alle fuhren herum.
Den Moment nutzte Minh und schlug Stéphane mit einem gezielten Schlag die Waffe aus der Hand. Klatschend landete sie im Teich.
»Mrs Willard!«, rief Peter.
Ein paar Meter den Weg hinauf saß Alice Willard putzmunter in ihrem Rollstuhl. Keiner hatte sie bemerkt. Auf ihrem Schoß stand der Korb mit dem Holz. »Wirklich ein nettes Theater, das ihr mir hier bietet!«
Die drei ??? sahen sich an und grinsten.
»Darum ging es also«, sagte sie, griff sich eins der Adlerholz-

stücke aus dem Korb und roch daran. »Was passiert nun damit?«
»Es gehört dem vietnamesischen Staat«, sagte Li. »Ich hoffe, die Amerikaner sehen das auch so.«
»Das wäre vielleicht sogar gerecht«, sagte Mrs Willard, »aber Sie werden verstehen, Li, dass ich es Ihnen nicht geben kann. Wo Sie mich dermaßen getäuscht haben!«
»Am besten, wir überlassen den Fund der Polizei«, sagte Justus. »Sie wird die richtigen Maßnahmen ergreifen. Und auch in Bezug auf Sie, Mr Mertens.« Justus drehte sich um, doch der Belgier war verschwunden.
Mrs Willard zückte ihr Mobiltelefon. »Ich rufe die Polizei!«
»Sagen Sie den Beamten, sie sollen zum Hotel Montana fahren«, sagte Luke ruhig. »Da hat er ein Apartment bezogen. Ich habe ihn belauscht.«
»Und warum verrätst du das so plötzlich?«, fragte Mrs Willard misstrauisch.
»Weil der Mistkerl mich mit Minh reinlegen wollte! Und die ganze Kohle wieder eingesteckt hat!«

Müde, aber zufrieden suchten die drei ??? einige Zeit später in ihrem Gästehaus ihre Siebensachen zusammen. Die Polizei war da gewesen und alle hatten ihre Aussage zu Protokoll geben müssen. Den Belgier hatte man tatsächlich gefasst, als er sein Gepäck aus dem Hotelzimmer holen wollte.
»Ich treffe mich morgen mit Minh«, sagte Peter. »Ihr könnt mitkommen, wenn ihr wollt. Vielleicht hat Mark auch noch Zeit. Und dann suchen wir den ganzen Strand mit dem Metalldetektor ab!«

»Solange Luke nicht dabei ist«, sagte Justus.
»Ich glaube, der ist gerade nicht so angesagt bei den beiden. Und du, Bob?«
»Gerne!« Bob band sich den Zopf auf. »Am meisten freue ich mich, dass wir diese dämliche Verkleidung loswerden.«
Lächelnd zog Peter seine Brille ab. »Bei Justus wird es allerdings etwas länger dauern«, sagte er. »Vielleicht geht es übergangsweise mit einer Perücke?«
»Kümmere du dich lieber mal um unser Zeug da draußen!«
»Aye, aye, Sir! Wusstet ihr eigentlich, dass ich von einem berühmten Schnabeltierforscher abstamme?«, fragte Peter und hinkte auf die Terrasse.
»Wie kommst du denn darauf?«, fragte Justus überrascht.
»Habe ich bei meinen Recherchen herausgefunden. George *Shaw*, Tierforscher, geboren 1788!«
»Witzig«, sagte Bob. »*Shaw* – seid ihr wirklich verwandt?«
»Keine Ahnung«, sagte Peter. »Aber ich glaube einfach mal dran.« Er warf einen Blick durch das Nachtsichtgerät, das genau auf den Bachlauf zielte. »Wir haben keine Sekunde lang nach den Tieren gesucht.«
»Das wäre auch wenig erfolgversprechend gewesen«, meinte Justus.
Peter schwieg und starrte durch den Apparat. »Das gibt es doch nicht!«, rief er plötzlich. »Ich glaube, da schwimmt tatsächlich etwas! Ein Schnabeltier! Wahnsinn!«
»Hahaha«, sagte Justus. »Nicht sehr überzeugend!«
»Nein, im Ernst, schau doch selbst!«
Justus winkte ab, aber Bob war neugierig geworden und übernahm das Gerät. »Wo denn?«

»Da! Im Mondlicht! Es ist gerade auf dem Weg zum gegenüberliegenden Ufer!«

»Tatsächlich! Ich weiß nicht, aber ja … könnte tatsächlich stimmen. Es schwimmt …! Mist, jetzt ist es hinter den Büschen verschwunden!« Sichtlich aufgeregt setzte Bob das Nachtsichtgerät ab.

Nun sah Justus doch etwas irritiert aus.

»Keine Widerrede«, sagte Peter. »Wir bleiben die Nacht über hier! Auch dieses Rätsel werden wir noch lösen!«